# *Estórias de Jenni*

Voltaire

Copyright © 2013 da edição: Editora DCL – Difusão Cultural do Livro

Equipe DCL – Difusão Cultural do Livro

DIRETOR EDITORIAL: Raul Maia

Equipe Eureka Soluções Pedagógicas

REVISÃO DE TEXTOS: Joana Carda Soluções Editoriais

Texto em conformidade com as novas regras ortográficas do Acordo da Língua Portuguesa

```
Dados Internacionais de Catalogação na Publicação (CIP)
       (Câmara Brasileira do Livro, SP, Brasil)

    Voltaire, 1694-1778.
       Estórias de Jenni / Voltaire ; tradução Equipe
    DCL. -- São Paulo : DCL, 2013. -- (Coleção
    clássicos literários)

       Título original: Histoire de Jenni
       ISBN 978-85-368-1673-9

       1. Ficção francesa I. Título. II. Série.

13-03364                                      CDD-843
```

Índices para catálogo sistemático:
1. Ficção : Literatura francesa   843

*Impresso na Índia*

Editora DCL – Difusão Cultural do Livro
(11) 3932-5222
www.editoradcl.com.br

# Sumário

Biografia do autor .................................................. 5
I ............................................................................ 6
II ........................................................................... 8
III ........................................................................ 11
IV ........................................................................ 16
V .......................................................................... 19
VI ........................................................................ 21
VII ....................................................................... 24
VIII ..................................................................... 30
IX ........................................................................ 34
X .......................................................................... 42
XI ........................................................................ 45
XII ....................................................................... 47

## Biografia do autor

François-marie Arouet, filho de um notário do Châtelet, nasceu em Paris, em 21 de novembro de 1694. Depois de um curso brilhante num colégio de jesuítas, pretendendo dedicar-se à magistratura, pôs-se ao serviço de um procurador. Mais tarde, patrocinado pela sociedade do Templo e em particular por Chaulieu e pelo marquês de la Fare, publicou seus primeiros versos. Em 1717, acusado de ser o autor de um panfleto político, foi preso e encarcerado na Bastilha, de onde saiu seis meses depois, com a *Henriade* quase terminada e com o esboço do *OEdipe*. Foi por essa ocasião que ele resolveu adotar o nome de Voltaire. Sua tragédia *OEdipe* foi representada em 1719 com grande êxito; nos anos seguintes, vieram: *Artemise* (1720), *Marianne* (1725) e o *Indiscret* (1725).

Em 1726, em consequencia de um incidente com o cavaleiro de *Rohan*, foi novamente recolhido à Bastilha, de onde só pode sair sob a condição de deixar a França. Foi então para a Inglaterra e aí se dedicou ao estudo da língua e da literatura inglesas. Três anos mais tarde, regressou e publicou *Brutus* (1730), *Eriphyle* (1732), *Zaïre* (1732), *La Mort de César* (1733) e *Adélaïde Duguesclin* (1734). Datam da mesma época suas *Lettres Philosophiques ou Lettres Anglaises*, que provocaram grande escândalo e obrigaram a refugiar-se em Lorena, no castelo de Madame du Châtelet, em cuja companhia viveu até 1749. Aí se entregou ao estudo das ciências e escreveu os *Eléments de le Philosophie de Newton* (1738), além de *Alzire*, *L'Enfant Prodigue*, *Mahomet*, *Mérope*, *Discours sur l'Homme*, etc.

Em 1749, após a morte de Madame du Châtelet, voltou a Paris, já então cheio de glória e conhecido em toda a Europa, e foi para Berlim, onde já estivera alguns anos antes como diplomata. Frederico II conferiu-lhe honras excepcionais e deu lhe uma pensão de 20.000 francos, acrescendo-lhe assim a fortuna já considerável. Essa amizade, porém, não durou muito: as intrigas e os ciúmes em torno dos escritos de Voltaire obrigaram-no a deixar Berlim em 1753.

Sem poder fixar-se em parte alguma, esteve sucessivamente em Estrasburgo, Colmar, Lyon, Genebra, Nantua; em 1758, adquiriu o domínio de Ferney, na província de Gex e aí passou, então, a residir em companhia de sua sobrinha Madame Denis. Foi durante os vinte anos que assim viveu, cheio de glória e de amigos, que redigiu *Candide*, *Histoire de la Russie sous Pierre le Grand*, *Histoire du Parlement de Paris*, etc., sem contar numerosas peças teatrais.

Em 1778, em sua viagem a Paris, foi entusiasticamente recebido. Morreu no dia 30 de março desse mesmo ano, aos 84 anos de idade.

# I

*V*ós me solicitais, senhor, alguns pormenores acerca de nosso amigo, o respeitável Freind, e de seu estranho filho. O lazer de que afinal disponho após a reforma de milorde Peterborou permite-me atender-vos satisfatoriamente. Ficareis tão espantado quanto eu, e compartilhareis de todos os meus sentimentos.

Quase não vos avistastes com esse jovem e infeliz Jenni, filho único de Freind, que o levou consigo à Espanha quando era capelão de nosso exército, em 1705. Vós partistes para Alep antes que milorde cercasse Barcelona; mas tendes razão em dizer que Jenni possuía um aspecto dos mais amáveis e atraentes e denotava coragem e espírito. Nada mais verdadeiro; era impossível vê-lo sem estimá-lo. O pai o destinara primeiramente à Igreja; mas, tendo o jovem demonstrado repugnância a essa condição que demanda tanto engenho, circunspeção e finura, julgou aquele sensato pai que seria um crime e uma tolice forçar a natureza.

Jenni ainda não contava vinte anos. Fez questão absoluta de servir como voluntário no ataque a Montjuich, que nós vencemos, e onde foi morto o príncipe de Hesse. O nosso pobre Jenni, ferido, foi feito prisioneiro e levado para a cidade. Eis uma fiel narrativa do que lhe aconteceu desde o ataque de Montjuich até a tomada de Barcelona. Esse relato é devido a uma catalã um pouco livre e ingênua demais; tais escritos não chegam até o coração do sábio. Aprendi o referido escrito em casa dela, quando entrei em Barcelona com milorde Peterborou. Vós o lereis sem escândalo, como um fiel retrato dos costumes do país. Aventuras de um jovem inglês chamado Jenni escritas por mão de doña Las Nalgas.

Quando nos disseram que os mesmos selvagens que tinham chegado pelos ares, de uma ilha desconhecida, para tomar-nos Gibraltar, vinham cercar a nossa bela cidade de Barcelona, começamos por fazer novenas à Santa Virgem de Manreze, o que é sem dúvida a melhor maneira de nos defendermos.

Esse povo, que nos vinha atacar de tão longe, tem um nome difícil de pronunciar, pois é *english*. Nosso reverendo padre inquisidor dom Jerónimo Bueno Caracucarador pregou contra esses salteadores. Lançou contra eles uma excomunhão-mor em Nossa Senhora del Pino. Assegurou-nos que os *english* tinham cauda de macaco, patas de urso e cabeça de papagaio; que na verdade falavam algumas vezes como os homens, mas que silvavam quase sempre; que eram, aliás, notoriamente heréticos; que a Santa Virgem, que é muito favorável aos outros pecadores e pecadoras, jamais perdoava aos heréticos, e que por conseguinte seriam todos infalivelmente exterminados, sobretudo se se apresentassem diante de Montjuich. Mal acabara ele o seu sermão, soubemos que Montjuich fora tomado de assalto.

À noite soubemos que nesse assalto havíamos ferido a um jovem *english* e que ele se achava em nossas mãos. Gritaram por toda a cidade:
– Vitória! Vitória! e acenderam-se luminárias.

Doña Boca Bermeja, que tinha a honra de ser amante do reverendo padre inquisidor, sentiu extremos desejos de ver como era feito um animal *english* e herético. Era minha amiga íntima. Sentia-me tão curiosa quanto ela. Mas foi preciso esperar que ele se curasse do ferimento, o que não demorou.

Soubemos logo depois que ele deveria tomar banhos no estabelecimento de meu primo Elvob, que é como se sabe, o melhor cirurgião da cidade. Em minha amiga Boca Bermeja, redobrou a impaciência de ver tal monstro. Não tivemos descanso, nem o demos a meu primo, enquanto não nos ocultou em um vestiário, atrás de uma veneziana pela qual se enxergava o banheiro. Ali entramos na ponta dos pés, sem o mínimo ruído, sem uma palavra, sem nos atrevermos a respirar, precisamente no instante em que o *english* saía de dentro d'água. Seu rosto não se achava voltado para nós; retirou um pequeno barrete sob o qual estavam enrolados os seus cabelos loiros que tombaram em grossos cachos sobre o mais belo dorso que já vi em minha vida; seus braços, suas coxas, suas pernas, me pareceram de uma carnação, de um acabado, de uma elegância que se aproxima, a meu ver, do Apolo de Belvedere de Roma, cuja cópia se acha em casa de meu tio escultor.

Doña Boca Bermeja achava-se extasiada de surpresa e encantamento. Quanto a mim, sentia-me igualmente arrebatada. Não pude deixar de dizer: Oh, que hermoso muchacho! Essas palavras, que me escaparam, fizeram o jovem voltar-se. Ai foi muito pior; vimos o rosto de Adônis sobre o corpo de um jovem Hércules. Por pouco doña Boca Bermeja não tombou para trás e eu também. Seus olhos se incendeiram, cobrindo-se de leve orvalho, através do qual se entreviam flamas. Não sei o que aconteceu aos meus.

Quando voltou a si: "S. Tiago (me disse ela) e Santa Virgem! E assim que são os hereges? Oh! Como nos enganaram."

Saímos o mais tarde que pudemos. Boca Bermeja foi logo acometida do mais violento amor pelo monstro herético. Ela é mais bonita do que eu, confesso-o; e confesso também que me senti duplamente enciumada. Fiz-lhe ver que perdia a alma traindo o reverendo padre Inquisidor dom Jerónimo Bueno Caracucarador, com um *english*. "Ai minha querida Las Nalgas – disse-me ela (pois Las Nalgas é o meu nome) – eu seria capaz de trair Melquisedeque por esse belo rapaz". Ela não deixou de o fazer e, já que é preciso dizer tudo, concorri secretamente com muito mais do que o dízimo das oferendas. Um dos familiares da Inquisição, que ouvia quatro missas por dia para obter de Nossa Senhora de Manreze o aniquilamento dos *english*, foi informado das nossos atos de devoção. O reverendo padre dom Caracucarador mandou-nos vergastar a ambas. Mandou vinte e quatro alguazis da Santa Hermandad prenderem o nosso querido *english*. Jenni matou cinco deles e foi preso pelos dezenove que sobraram. Fizeram-no repousar num calabouço bem arejado. Resolveram queimá-lo no domingo seguinte, em grande cerimonial, paramentado com um grande sambenito e um chapéu em forma de pão-de-açúcar, em honra de nosso Salvador e da Virgem Maria, sua mãe. Dom Caracucarador preparou um belo sermão, mas não pode pronunciá-lo porque a cidade foi tomada às quatro da madrugada daquele mesmo domingo Aqui termina a narrativa de doña Las Nalgas. Era uma mulher que não deixava de ter essa espécie de espírito a que os espanhóis denominam agudeza.

## II

*Continuação das aventuras do jovem inglês Jenni e do senhor seu pai, doutor em teologia, membro do Parlamento e da Sociedade Real*

Sabeis que admirável conduta manteve o conde de Peterborou quando se apoderou de Barcelona; como impediu a pilhagem; com que pronta sagacidade pôs ordem em tudo; como arrancou a duquesa de Popoli das mãos de alguns soldados alemães bêbedos que a roubavam e violavam. Mas podereis acaso imaginar a surpresa, a dor, o aniquilamento, a cólera, as lágrimas, os transportes de nosso amigo Freind, quando soube que Jenni estava nos calabouços do Santo Ofício e já se achava preparada a sua fogueira? Sabeis que as cabeças mais frias são as mais exaltadas nas grandes ocasiões. Era de ver aquele pai, que conhecestes tão grave e tão imperturbável, voar do antro da Inquisição mais depressa do que correm os nossos cavalos de raça em Neumarket. Cinquenta soldados, que o seguiam arquejantes, estavam sempre a duzentos passos dele. Ei-lo que chega. Entra na caverna. Que momento! Que prantos e que alegria! Vinte vítimas destinadas à mesma cerimônia são libertadas com Jenni. Todos esses prisioneiros se armam; todos se juntam a nossos soldados; arrasam o Santo Ofício em dez minutos e almoçam sobre as ruínas, com o vinho e o presunto dos inquisidores.

Em meio desse tumulto, e das fanfarras, e dos tambores, e do troar de quatrocentos canhões que anunciavam a nossa vitória na Catalunha, o nosso amigo Freind retomara a tranquilidade que lhe conheceis. Estava, calmo como o céu de um belo dia após a tempestade. Erguia a Deus um coração tão sereno como o seu rosto, quando viu sair do respiradouro de um calabouço um espectro negro de sobrepeliz, que se lançou a seus pés, bradando misericórdia.

— Quem és tu? – indagou o nosso amigo. – Vens do inferno?

— Mais ou menos – respondeu o outro. – Sou dom Jerónimo Bueno Caracucarador, inquisidor da fé; peço-vos humildemente perdão por haver querido assar o senhor vosso filho em praça pública: eu supunha que ele fosse judeu.

— E mesmo que ele fosse judeu – respondeu o nosso amigo com o seu sangue-frio habitual, – fica-lhe bem, senhor Caracucarador, assar pessoas porque pertencem a uma raça que habitava outrora um pequeno cantão pedregoso próximo ao deserto da Síria? Que lhe importa que um homem tenha ou não tenha prepúcio e que comemore a páscoa na lua cheia de abril ou no domingo seguinte? Este homem é judeu; precisa pois ser queimado; e todos os seus bens me pertencem: eis um péssimo argumento; não se raciocina assim na Sociedade Real de Londres.

E não sabia o senhor Caracucarador que Jesus Cristo era judeu? Que ele nasceu, viveu e morreu judeu; que celebrou a páscoa, como judeu, na lua cheia; que todos os seus apóstolos eram judeus; que foram ao templo judeu após a desgraça de Cristo, como está expressamente referido; e que os quinze primeiros bispos secretos de Jerusalém eram judeus? Meu filho não é judeu, é anglicano: como lhe deu na telha a ideia de o queimar?

O inquisidor Caracucarador, aterrado com a erudição do senhor Freind, e sempre prosternado a seus pés, respondeu:

— Ai de nós! Não sabíamos nada de tudo isso na Universidade de Salamanca. Mais uma vez, perdão. Mas o verdadeiro motivo é que o senhor vosso filho me tomou a minha amante Boca Bermeja.

— Ah! se ele tomou a sua amante, é outra história; não se deve tomar os bens de outrem. Todavia, não se nos depara aqui uma razão suficiente (como diria Leibnitz) para queimar um jovem. As penas devem ser proporcionais aos delitos. Vós outros, cristãos de além do mar britânico tirante para o sul, sois mais expeditos em assar a um de vossos irmãos, seja o conselheiro Anne Dubourg, seja Michel – Servet, ou todos aqueles que foram sagrados sob Filipe II, cognominado o discreto, do que nós, ingleses, em mandar preparar um rosbife em Londres. Mas tragam-me aqui a senhorita Boca Bermeja, para que eu saiba dela a verdade."

Boca Bermeja foi conduzida à sua presença, toda chorosa, e embelezada pelas lágrimas, como é costume.

— É verdade que a senhorita amava ternamente a dom Caracucarador e que o meu filho Jenni a possuiu à força?

— A força, senhor inglês?! Qual nada! Foi de todo o meu coração. Nunca vi nada tão lindo e tio digno de amor como o senhor vosso filho; e julgo-vos muito feliz em ser seu pai. Fui eu quem fiz todas as investidas; ele bem o merece: sou capaz de segui-lo até o fim do mundo, se é que o mundo tem fim. Sempre detestei, no fundo d'alma, esse maldito inquisidor; ele mandou vergastar-me até sair sangue, a mim e à senhorita Las Nalgas. Se quereis tornar-me a vida um verdadeiro encanto, mandareis enforcar esse celerado monge à minha janela, enquanto eu estiver jurando a vosso filho um amor eterno. Feliz de mim, se lhe pudesse um dia dar um filho que se pareça convosco!

E, com efeito, enquanto Boca Bermeja pronunciava estas singelas palavras, milord Peterborou mandava procurar Caracucarador, que se havia sumido, para que não o enforcassem. Não vos espantareis se eu disser que o senhor Freind se opôs energicamente a isso.

— Que vossa justa cólera – disse ele – se curve ante vossa generosidade; só se deve condenar um homem à morte quando tal coisa for absolutamente necessária ao bem público. Os espanhóis iriam dizer que os ingleses são uns bárbaros que matam todos os padres que encontram. Isso poderia prejudicar grandemente ao senhor arquiduque, em nome do qual acabais de tomar Barcelona. Estou assaz contente de que meu filho tenha sido salvo e de que o pulha desse frade não mais esteja em condições de exercer as suas funções inquisitoriais.

Enfim, tão bem falou o sábio e caridoso Freind, que milorde se contentou em mandar vergastar Caracucarador, como esse miserável fizera a Miss Boca Bermeja e a Miss Las Nalgas.

Tamanha demência tocou o coração dos catalães. Os que haviam sido libertados dos calabouços da Inquisição concluíram que a nossa religião valia infinitamente mais que a sua. Quase todos pediram para serem aceitos na igreja anglicana; e até alguns bacharéis da Universidade de Salamanca, que estavam em Barcelona, desejaram ser esclarecidos. A maioria foi logo atendida. Só houve um deles, chamado dom Inigo y Medroso y Comodios y Papalamiendo, que se mostrou um tanto rebelde.

Eis a súmula da amigável discussão que o nosso querido amigo Freind e o bacharel dom Papalamiendo travaram na presença de milorde Peterborou. Chamaram a essa conversação familiar o diálogo dos Mas. Vereis facilmente por que, ao lê-la.

# III

*Súmula da controvérsia dos Mas, entre Mister Freind e dom Inigo y Medroso y Comodios y Papalamiendo, bacharel de Salamanca*

O bacharel: — Mas, Senhor, apesar de todas as belas coisas que acabais de dizer-me, tereis de confessar que a vossa igreja anglicana, tão respeitável, não existia antes de dom Lutero e antes de dom OEcolampadius. Sois muito recentes: portanto, não sois de casa.

Freind: — É como se me dissessem que não descendo de meu avô, porque um colateral, residente na Itália, se apossara do seu testamento e dos meus títulos. Felizmente os recuperei, e é claro que sou neto de meu avô. Somos ambos da mesma família, com a pequena diferença de que nós, ingleses, lemos o testamento de nosso avô em nossa própria língua e de que vos é proibido lê-lo na vossa. Sois escravos de um estrangeiro, e nós estamos apenas submetidos à nossa razão.

O bacharel: — Mas se a vossa razão vos perder?... porque afinal não creio, na nossa Universidade de Salamanca, a qual declarou a infalibilidade do papa e o seu direito incontestável sobre o passado, o presente, o futuro e o paulo-post-futuro.

Freind: — Ah! Os apóstolos também não acreditavam em nada disso. Está escrito que esse Pedro, que renegou a seu mestre Jesus, foi severamente acusado por Paulo. Não quero examinar qual dos dois estava errado; talvez ambos o estivessem, como acontece em quase todas as disputas; mas afinal não há uma única passagem nos Atos dos Apóstolos em que Pedro seja considerado como senhor de seus companheiros e do paulo-post-futuro.

O bacharel: — Mas não há dúvida de que S. Pedro foi arcebispo de Roma, pois Sánchez nos ensina que esse grande homem ali chegou no tempo de Nero e que ali ocupou o trono arqui-episcopal durante vinte e cinco anos, sob esse mesmo Nero, que só reinou treze. De resto, é matéria de fé, e é dom Grillandus, o protótipo da Inquisição, quem o afirma (pois nós nunca lemos a Bíblia Sagrada), é matéria de fé, digo eu, que S. Pedro estava em Roma certo ano; pois data uma de suas cartas de Babilônia; e, como Babilônia é visivelmente um anagrama de Roma, está visto que o papa é, por direito divino, senhor de toda a terra: a, mais ainda, todos os licenciados de Salamanca demonstraram que Simão Virtude-Deus, feiticeiro-mor e conselheiro de Estado do Imperador Nero, mandou seu cachorro cumprimentar a S. Simão Barjonas, também chamado S.

Pedro; que S. Pedro, não menos polido, enviou também cumprimentos a Simão Virtude-Deus, por intermédio de seu cachorro; que em seguida apostaram qual dos dois ressuscitaria mais depressa a um primo de Nero, que Simão Virtude--Deus só ressuscitou o seu morto pela metade e que Simão Barjonas ganhou a aposta, ressuscitando o primo por inteiro; que Virtude-Deus quis tirar desforra, voando nos ares como S. Dédalo, e que S. Pedro lhe quebrou as duas pernas, fazendo-o tombar. Eis por que S. Pedro recebeu a coroa do martírio, com a cabeça para baixo e as pernas para cima[1]. Está pois demonstrado a posteriori que nosso santo padre o papa deve reinar sobre todos aqueles que têm coroa na cabeça, e é senhor do passado, do presente e de todos os futuros do mundo.

Freind: — É claro que todas essas coisas aconteceram no tempo em que Hércules com um passe de mágica, separou as duas montanhas de Calpe e Abila e tirou do chapéu o estreito de Gibraltar. Mas não é nessas histórias, por mais autênticas que sejam, que baseamos a nossa religião; é no Evangelho.

O bacharel: — Mas em que passagens do Evangelho, senhor? Pois li uma parte desse Evangelho em nossos cadernos de teologia. E na passagem do anjo que desceu das nuvens para anunciar a Maria que ela seria engravidada pelo Espírito Santo? E na da viagem dos três reis e de uma estrela? No morticínio de todas as crianças do país? No trabalho que teve o diabo em transportar Deus, no deserto, ao alto do templo e ao cimo de uma montanha de onde se descortinavam todos os reinos da terra? No milagre da água mudada em vinho, num casamento de aldeia? No milagre dos dois mil porcos que o diabo afogou num lago por ordem de Jesus? No...

Freind: — Senhor, nós respeitamos todas essas coisas, porque estão no Evangelho; e jamais nos referimos a elas, porque estão muito acima da frágil razão humana.

O bacharel: — Mas dizem que nunca chamais à Santa Virgem de mãe de Deus.

Freind: — Nós a veneramos e amamos; mas cremos que ela pouco se importa com os títulos que lhe dão neste mundo. Aliás, nunca é denominada mãe de Deus no Evangelho. Houve uma grande disputa, em 431, no concílio de Éfeso, para saber se Maria era teótocos, e se, sendo Jesus Cristo Deus e filho de Maria, poderia esta ser ao mesmo tempo mãe de Deus Pai e de Deus Filho.

O bacharel: — Mas Senhor, falais em teótocos... Que quer dizer isso, por favor?

Freind: — Quer dizer mãe de Deus. Como?! Sois bacharel de Salamanca e não sabeis grego?

O bacharel: — Mas o grego... ora, o grego! De que pode o grego servir a um espanhol? Mas senhor, acreditais que Jesus tenha uma natureza, uma

---

1. Toda essa história é narrada por Abdias, Marcelo e Hegesipo. Eusébio refere-lhe uma parte.

pessoa e uma vontade? Ou duas naturezas, duas pessoas e duas vontades? Ou uma vontade, duas naturezas e duas pessoas? Ou duas vontades, duas pessoas e uma natureza? Ou...

Freind: — São questões de Éfeso. Isso absolutamente não nos interessa.

O bacharel: — Mas que é que vos interessa, então? Pensais que haja três pessoas em Deus, ou três deuses em uma pessoa? Procede a segunda da primeira pessoa, e a terceira das duas outras, ou da segunda intrinsecus, ou apenas da primeira? Possui o Filho todos os atributos do Pai, exceto a paternidade? E essa terceira pessoa, vem por infusão, ou por identificação, ou por espiração?

Freind: — O Evangelho não trata dessa questão, e nunca S. Paulo escreveu o nome da Trindade.

O bacharel: — Mas sempre me falais do Evangelho, e nunca de S. Boaventura, nem de Alberto o Grande, nem de Tamburini, nem de Grillandus, nem de Escobar.

Freind: — E que não sou nem dominicano, nem franciscano, nem jesuíta; contento-me em ser cristão.

O bacharel: — Mas se sois cristão, dizei-me de sã consciência: acreditais que o resto dos homens esteja condenado à danação eterna?

Freind: — A mim não me compete medir a justiça de Deus e sua misericórdia.

O bacharel: — Mas afinal, se sois cristão, em que é que acreditais?

Freind: — Creio, com Jesus Cristo, que devemos amar a Deus e ao próximo, perdoar as injúrias e reparar os males que tenhamos feito. Crede-me: adorai a Deus, sede justo e caridoso; é quanto basta ao homem. Eis as máximas de Jesus. São tão verdadeiras que nenhum legislador ou filósofo jamais teve outros princípios antes dele, e é impossível que haja outros. Tais verdades jamais tiveram nem podem ter outros adversários senão as nossas paixões.

O bacharel: — Mas... ah! a propósito de paixões: é verdade que os vossos bispos, os vossos pastores e diáconos, são todos casados?

Freind: — É verdade. S. José, que passou por pai de Jesus, era casado. Teve por filho a Tiago, o moço, cognominado Oblia, irmão de Nosso Senhor; o qual após a morte de Jesus, passou a vida no templo. S. Paulo, o grande S. Paulo, era casado.

O bacharel: — Mas Grillandus e Molina dizem o contrário.

Freind: — Molina e Grillandus que digam o que quiserem, prefiro acreditar no próprio S. Paulo, que diz em sua primeira epístola aos coríntios[2] Não temos o direito de comer e beber à vossa custa? Não temos o direito de levar conosco nossa mulher, nossa irmã, como fazem os outros apóstolos, e os irmãos de Nosso Senhor, e Cefas? Vai-se jamais para a guerra à própria custa? Quando se plantou uma vinha, não se lhe come o fruto? etc.

O bacharel: — Mas senhor, é mesmo verdade que S. Paulo tenha dito isso?

---

2. Cap. IX

Freind: — Sim, ele disse, e muitas coisas mais.
O bacharel: — Mas como! Aquele verdadeiro prodígio, aquele exemplo de graça eficaz!
Freind: — É verdade, senhor, que a sua conversão foi um grande prodígio. Confesso que, segundo os Atos dos Apóstolos, fora ele o mais cruel satélite dos inimigos de Jesus. Dizem os Atos que assistira à lapidação de Santo Estêvão; ele próprio diz que, quando os judeus condenavam à morte um seguidor de Jesus, era ele quem levava a sentença, *detuli sententiam*[3].
Confesso que Abdias, seu discípulo, e Júlio Africano, seu tradutor, o acusam de ter mandado matar a Tiago Oblia, irmão de Nosso Senhor[4]; mas a sua fúria ainda mais admirável lhe torna a conversão, e não o impediu de achar mulher. Era casado, digo-vos, como expressamente o declara S. Clemente de Alexandria.
O bacharel: — Mas no entanto era um digno, um excelente homem, esse S. Paulo! Sinto muito que ele haja assassinado a S. Tiago e a Santo Estêvão, e muito me surpreende que tenha ido ao terceiro céu; mas continuai, por favor.
Freind: — S. Pedro, pelo que diz S. Clemente de Alexandria, teve filhos; e até se encontra entre estes uma Santa Petronilha. Na sua História da Igreja, diz Eusébio que S. Nicolau, um dos primeiros discípulos, tinha uma belíssima mulher, e que os apóstolos lhe censuraram preocupar-se muito com ela e parecer ciumento. "Pois tome-a quem quiser – respondeu-lhes o santo, – eu a cedo aos senhores.[5]"
Na economia judaica, que devia durar eternamente, e à qual no entanto sucedeu a economia cristã, o casamento era, não só permitido, mas expressamente ordenado aos sacerdotes, pois que deviam ser da mesma raça; e o celibato era uma espécie de infâmia.
Em verdade o celibato não deve ter sido considerado uma situação muito pura e honrosa pelos primeiros cristãos, pois, entre os hereges anatematizados pelos primeiros concílios, encontram-se especialmente aqueles que se revoltavam contra o casamento dos padres, como os saturnianos, os basilidianos, os montanistas, os encratistas, e outros anos e istas. Eis porque a mulher de S. Gregório Nazianzeno deu à luz a outro S. Gregório Nazianzeno e teve a inestimável ventura de ser esposa e mãe de um canonizado, o que não aconteceu nem mesmo a Santa Mônica, mãe de Santo Agostinho. Eis por que vos poderia eu nomear igual ou maior número de antigos bispos casados do que o que tivestes, outrora, de bispos e papas concubinários, adúlteros, ou pederastas, coisa que já não se encontra em nenhum país. Eis por que a Igreja grega, mãe da Igreja Latina, quer ainda

---
3. Atos, Cap. XXVI
4. História Apostólica de Abdias. Tradução de Júlio Africano, livro VI, pp. 395 e seguintes.
5. Eusébio, liv. III, cap. XXX

que os curas sejam casados. Eis afinal porque eu, que vos falo, sou casado, e tenho o mais belo filho do mundo.

E dizei-me, meu caro bacharel, não tendes vós na vossa Igreja sete sacramentos, que são todos sinais visíveis de uma coisa invisível? Ora, um bacharel de Salamanca desfruta das vantagens do batismo logo que nasce, da crisma, logo que começa a usar calças; das confissão, logo que faz algumas loucuras, ou compreende as dos outros; da comunhão, embora um pouco diferente da nossa, logo que chega aos treze ou catorze anos, da ordenação quando é tonsurado e lhe dão um benefício de vinte, ou trinta, ou quarenta mil piastras de renda, e enfim, da extrema-unção, quando chega a hora. Deveremos privá-lo do sacramento do matrimônio, quando se acha em plena saúde, e sobretudo depois que o próprio Deus casou Adão e Eva: Adão, o primeiro dos bacharéis do mundo, pois tinha ciência infusa, segundo a vossa escola; Eva, a primeira bacharela, pois conheceu a árvore da ciência antes do marido?

O bacharel: — Mas, se assim é, acabo com os mas. Está feito, sou da vossa religião; faço-me anglicano. Quero casar com uma boa mulher que sempre fingirá amar-me, enquanto eu for jovem, que cuidará de mim na velhice, e a quem enterrarei com todas as honras, se lhe sobrevivo; mais vale isso do que queimar homens e desonrar raparigas, como fez o meu primo dom Caracucarador, inquisidor da fé.

Tal é o fiel apanhado da conversação que tiveram o doutor Freind e o bacharel dom Papalamiendo, chamado depois por nós Papa Dejando. Essa curiosa entrevista foi redigida por Jacob Hulf, um dos secretários de Milorde.

Após esse encontro, o bacharel chamou-me à parte e disse-me: "Esse inglês, que eu tomara a princípio por um antropófago, deve ser um excelente homem, pois é teólogo e não me disse injúrias." Respondi-lhe que o senhor Freind era tolerante e que descendia de uma filha de William Penn, o primeiro dos tolerantes, e fundador de Filadélfia. "Tolerante e Filadélfia! – exclamou ele. – Eu nunca tinha ouvido falar nessas seitas". Informei-o de tudo: não podia acreditar-me, pensava estar em outro universo, e tinha razão.

## IV

*Regresso a Londres: Jenni começa a corromper-se*

Enquanto o nosso digno filósofo Freind esclarecia assim os barceloneses e o seu filho Jenni encantava as barcelonesas, milorde Peterborou viu-se perdido no conceito da rainha, e no do arquiduque, por lhes haver dado Barcelona. Os cortesãos lhe censuraram haver tomado essa cidade contra todas as regras da arte, com um exército metade menos forte do que a guarnição. O arquiduque a princípio topou o jogo e o amigo Freind foi obrigado a imprimir a apologia do general. Todavia, o arquiduque, que viera conquistar o reino da Espanha, não tinha com que pagar seu chocolate. Tudo o que lhe dera a rainha Ana se evaporara. Diz Montecuculli, nas suas memórias, que três coisas são precisas para fazer guerra: 1º. dinheiro, 2º. dinheiro, 3º. e dinheiro.

Arquiduque escreveu de Guadalajara, onde se achava a 11 de agosto de 1706, a milorde Peterborou, uma grande carta assinada yo el rey, na qual o conjurava a que fosse imediatamente a Gênova conseguir-lhe, sob fiança pessoal, cem mil libras esterlinas, para reinar[6]. Eis pois o nosso Sertório transformado de general de exército em banqueiro genovês. Confiou sua situação ao amigo Freind; dirigiram-se ambos a Gênova; eu os acompanhei, pois bem sabeis que o coração me dirige. Admirei a habilidade e espírito de conciliação de meu amigo nesse delicado assunto. Vi que um bom espírito pode prover a tudo; o nosso grande Locke era médico: pois foi o único metafísico da Europa e restabeleceu as finanças da Inglaterra.

Freind, em três dias, conseguiu as cem mil libras esterlinas, que a corte de Carlos VI devorou em menos de três semanas. Após o que, o general, acompanhado do seu teólogo, teve de ir justificar-se em Londres, em pleno Parlamento, de haver conquistado a Catalunha contra as regras e ter-se arruinado a serviço da causa comum. O assunto dilatou-se em extensão e acrimônia, como todos os assuntos de partido.

Bem sabeis que o senhor Freind fora deputado ao Parlamento antes de ser pastor, e o único a quem permitiram exercer essas funções incompatíveis. Ora, um dia em que Freind meditava um discurso que devia pronunciar na Câmara dos Comuns, de que era um digno membro, anunciaram-lhe uma dama espanhola que pedia para lhe falar sobre assunto urgente. Era doña

---

6. Vem transcrita na Apologia do Conde de Peterborou, pelo doutor Freind, pag. 143.

Boca Bermeja. Achava-se em pranto; o nosso bom amigo lhe mandou servir almoço. Ela enxugou as lágrimas, almoçou, e falou-lhe como se segue:

— Deveis estar lembrado, meu caro senhor, de que, ao seguir para Gênova, ordenastes ao senhor vosso filho, que partisse de Barcelona para Londres, a fim de assumir o emprego de amanuense do Tesouro, que vossa influência lhe obteve. Ele embarcou no Tritão com o jovem bacharel dom Papa Dejando e alguns outros mais que convertestes. Bem deveis imaginar que eu também seguira em sua companhia, com a minha boa amiga Las Nalgas. Pois não ignorais que me permitistes amar ao senhor vosso filho, e que eu o adoro...

— Eu, senhorita! Não, não lhe permiti isso, tolerei-o; é muito diferente. A fornicação entre duas pessoas livres foi talvez outrora uma espécie de direito natural de que Jenni pode gozar com discrição, sem que eu me intrometa; não o constranjo, quanto às suas amantes, da mesma forma que o deixo jantar o que bem lhe pareça. Agora, se se tratasse de um adultério, confesso que seria mais severo, pois o adultério é um furto. Mas quanto à senhorita, que não faz mal a ninguém, nada tenho que dizer.

– Pois bem senhor, é de adultério que se trata! O belo Jenni me abandonou por uma jovem casada que não é tão bonita como eu. Bem vedes que é uma injúria atroz.

– Ele fez mal – disse então o senhor Freind.

Boca Bermeja, derramando algumas lágrimas, contou-lhe como Jenni se enciumara, ou tinha fingido enciumar-se, do bacharel; como a senhora Clive-Hart, uma dama muito atrevida, muito arrebatada, muito masculina, muito má, soubera apoderar-se do seu espírito; como vivia ele com libertinos que não temiam a Deus; como enfim desprezava a sua fiel Boca Bermeja pela esperta da Clive-Hart, porque a Clive-Hart tinha uma nuança ou duas de brancura e rosado acima da pobre Boca Bermeja.

— "Examinarei este assunto com mais vagar – disse o bom Freind. – Tenho de ir agora ao Parlamento para tratar do caso de milorde Peterborou".

Foi pois ao Parlamento: ouvi-o pronunciar um discurso firme e cerrado, sem nenhum lugar-comum, sem epítetos, sem o que nós chamamos frases; ele não invocava um testemunho, uma lei; atestava-os, citava-os, reclamava--os; não dizia que haviam surpreendido a religião da Corte acusando Milorde Peterborou por haver arriscado as tropas da rainha Ana, pois; não se tratava de um assunto de religião; não prodigava a uma conjetura o nome de demonstração; não faltava com o respeito à augusta assembleia por meio de insípidos gracejos burgueses; não chamava a milorde Peterborou seu cliente, porque a palavra cliente significa um homem da burguesia protegido por um senador. Freind falava com tanta modéstia quanto firmeza; escutavam-no em silêncio; não o interrompiam senão para dizer: "Hear him, hear him: ouçam-no, ouçam-no". A Câmara dos Comuns votou que agradecessem ao conde de Peterborou em vez de o condenar. Milorde obteve a mesma justiça da Corte dos Pares, e preparou-se para partir com o seu caro Freind, a fim de dar o reino da Espanha ao arquiduque; o que todavia não aconteceu, pela razão de que nada acontece no mundo precisamente como se quer.

Ao sair do Parlamento, nada urgia tanto como nos informarmos da conduta de Jenni. Soubemos que efetivamente levava uma vida desbragada e crapulosa com a senhora Clive-Hart e um bando de jovens ateus, aliás gente de espírito, a quem os próprios deboches haviam persuadido de "que o homem nada tem de superior ao animal, que nasce e morre como o animal, que são ambos igualmente formados de terra, que voltam igualmente à terra, e que não há nada de bom e sensato senão em gozar e viver com aquela a quem se ama, como o afirma Salomão no fim do capítulo terceiro do Coheleth, a que nós chamamos Eclesiastes".

Essas ideias lhes eram principalmente insufladas por um impudente malandro chamado Wirburton. Li algo dos manuscritos desse louco: Deus nos livre de os ver impressos algum dia! Pretende Wirburton que Moisés não acreditava na imortalidade da alma; e, como, com efeito, Moisés jamais falou nisso, conclui que seria aquela a única prova da sua missão divina. Essa, conclusão absurda faz infelizmente concluir que a seita judaica era falsa; os ímpios concluem por consequência que a nossa, fundada na judaica, também é falsa e que, sendo falsa esta nossa, que é a melhor de todas, todas as outras são ainda mais falsas; e que, destarte, não há religião. De onde concluem alguns que não há Deus. Acrescentai a essas conclusões que esse pequeno Wirburton é um intrigante e um caluniador. Imaginai que perigo!

Um outro louco chamado Needham, que é em segredo jesuíta, vai ainda mais longe. Esse animal, como aliás o sabeis, e como tanto já vos disseram, imagina que criou enguias com farinha de centeio e banha de carneiro; que imediatamente essas enguias produziram outras, sem cobertura. Daí decidirem os nossos filósofos que se pode fazer homens com farinha de trigo e banha de perdiz: pois devem ter origem mais nobre que a das enguias; pretendem que esses homens produzirão outros incontinenti; que, assim, não foi Deus quem fez o homem; que tudo se fez por si mesmo; que se pode muito bem passar sem Deus; que não há Deus. Imagina! que estragos o Coheleth mal compreendido, e Wirburton e Needham bem compreendidos, não podem fazer em corações moços movidos de paixões e que só raciocinam segundo elas!

Mas o pior de tudo é que Jenni estava enterrado em dívidas até o pescoço. Pagava-as de estranha maneira. Naquele mesmo dia, enquanto nos achávamos no Parlamento, um de seus credores lhe fora cobrar cem guinéus. O belo Jenni, que até então permanecera muito dócil e polido, batera-se com ele, dando-lhe, como único pagamento, uma boa estocada. Temia-se que o ferido viesse a morrer: Jenni ia ser preso e arriscava ir para a forca, apesar da proteção de milorde Peterborou.

## V

*Pretende-se casar Jenni*

Relembro ainda a dor e indignação que experimentara o venerável Freind ao saber que o seu querido Jenni se achava nas prisões do Santo Ofício, em Barcelona; pois podeis acreditar que foi tomado de transporte ainda mais violento, quando soube dos excessos daquele desgraçado filho, das suas orgias, das suas dissipações, da sua maneira de atender aos credores e do perigo, em que se achava, de ir para a forca. Mas Freind conteve-se. É uma coisa espantosa o domínio que esse homem exerce sobre si mesmo. A razão governa-lhe o coração, como um bom amo ao criado. Faz tudo a propósito, e age prudentemente com a mesma celeridade com que atuam os imprudentes. "Não é ocasião – disse ele – para pregar sermões a Jenni; é preciso tirá-lo do precipício."
Na véspera recebera o nosso amigo uma importante soma, da herança de George Hubert, seu tio. Vai ele próprio procurar o nosso grande cirurgião Cheselden. Felizmente o encontramos; vamos juntos à casa do credor ferido. O senhor Freind manda-lhe examinar o ferimento; não era mortal. Dá ao paciente os cem guinéus e mais cinquenta à guisa de indenização; pede-lhe perdão por seu filho; exprime-lhe a sua dor com tanto sentimento e verdade que aquele pobre homem, que estava no leito, abraça-o chorando e quer devolver-lhe o dinheiro. Esse espetáculo espantava e comovia o jovem senhor Cheselden, que começa a adquirir grande reputação e cujo coração é tão bondoso como hábeis a sua mão e seu golpe de vista. Eu estava emocionado, fora de mim; nunca venerara e amara tanto a nosso amigo.
Perguntei-lhe, na volta, se não mandaria chamar o filho, para lhe exprobrar as faltas.
"Não – disse ele, – quero que ele as reconheça antes que eu fale nelas. Vamos cear nós dois, veremos o que posso fazer de melhor. Os exemplos corrigem muito mais do que as censuras."
Enquanto não chegava a hora da ceia, fui ter com Jenni; encontrei-o, como julgo se ache qualquer homem após o seu primeiro crime, pálido, com o olhar perdido, a voz rouca e entrecortada, o espírito perturbado, e dando respostas desconexas ao que lhe diziam. Contei-lhe afinal o que seu pai acabara de fazer. Ele permaneceu imóvel, olhou-me fixamente, e depois desviou a face um instante, para verter algumas lágrimas. Tirei bons augú-

rios desta cena; e tive grandes esperanças de que Jenni ainda viria a ser um homem às direitas ia abraçá-lo, quando entrou a senhora Clive-Hart, em companhia de um dos estroinas seus amigos, chamado Birton.

— E então? – disse a dama a rir. – É verdade que mataste um homem hoje? Devia ser algum aborrecido; é bom livrar o mundo dessa espécie de gente. Quando te vier vontade de matar outro, peço-te que dês preferência a meu marido; pois ele me aborrece furiosamente.

Eu contemplava aquela mulher da cabeça aos pés. Era bela, mas pareceu-me ter qualquer coisa de sinistro na fisionomia. Jenni não ousava responder e baixava os olhos porque eu me achava presente.

— Que é que tens, meu amigo? – indagou Birton. – Até parece que praticaste algum mal; pois eu venho remir os teus pecados. Olha, eis aqui um livrinho que acabo de comprar no Lintot; ele prova, como dois e dois são quatro, que não há nem Deus, nem vício, nem virtude: isso é consolador. Vamos beber.

Ante essas estranhas palavras, retirei-me o mais depressa possível. Fiz ver discretamente ao senhor Freind o quanto necessitava o filho da sua presença e dos seus conselhos. "O mesmo penso eu – disse aquele bom pai, – mas comecemos por lhe pagar as dívidas." Todas foram liquidadas na manhã seguinte. Jenni veio lançar-se a seus pés. Pois acreditais que o pai não lhe fez censura alguma? Abandonou-a à própria consciência, dizendo-lhe apenas: "Meu filho, lembra-te de que não há felicidade sem virtude."

Em seguida fez casar Boca Bermeja com o bacharel de Catalunha, pelo qual tinha ela uma secreta inclinação, apesar das lágrimas que derramara por Jenni; pois tudo isso se combina maravilhosamente nas mulheres. Dizem que é nos seus corações que todas as contradições se reúnem. Sem dúvida é porque foram originariamente formadas de uma costela nossa.

O generoso Freind pagou o dote do casal; deixou bem colocados todos os seus novos conversos, graças à proteção de milorde Peterborou: pois não basta assegurar a salvação dos outros; é preciso fazê-los viver.

Tendo despachado todas essas boas ações com aquele ativo sangue-frio que sempre me espantava, concluiu que não havia outro partido para recolocar o filho no reto caminho, senão casá-lo com uma criatura de bom nascimento, que tivesse beleza, caráter, inteligência, e até um pouco de riqueza; pois era o único meio de afastar Jenni dessa detestável Clive-Hart e dos perdidos que ele frequentava.

Tinha eu ouvido falar na senhora Primerose, jovem herdeira, criada por milady Hervey, sua parenta. Milorde Peterborou introduziu-me em casa de milady Hervey. Vi Miss Primerose e achei-a capaz de satisfazer a todos os desígnios de meu amigo Freind. Jenni, em meio à sua vida desregrada, dedicava profundo respeito e mesmo ternura ao pai. Agora, o que mais o sensibilizava é que o pai não lhe fazia nenhuma censura ao passado.

Suas dívidas saldadas sem avisá-lo, sábios conselhos dados a propósito e sem reprimendas, mostras de amizade escapadas de tempos em tempos, sem nenhuma familiaridade que as pudesse aviltar, tudo isso penetrava Jenni, que nascera com sentimento e bastante inteligência. Todas as razões tinha eu para crer que a fúria de suas desordens acabaria cedendo aos encantos de Primerose e às admiráveis virtudes de meu amigo.

O próprio milorde Peterborou apresentou primeiro o pai e depois Jenni em casa de milady Hervey. Notei que a extrema beleza de Jenni causou logo uma impressão profunda no coração de Primerose; pois vi-a baixar os olhos, erguê-los e enrubescer. Jenni apenas se mostrou polido, e Primerose confessou a milady Hervey que desejaria muito que essa polidez fosse amor.

Pouco a pouco o nosso belo jovem foi descobrindo todo o mérito daquela incomparável moça, embora estivesse subjugado pela infame Clive-Hart. Achava-se como aquele indiano convidado por um anjo a colher um fruto celeste, e retido pelas garras de um dragão. Sufoca-me, neste instante, a lembrança do que vi. Minhas lágrimas molham o papel. Quando houver recobrado a calma, retomarei o fio de minha história.

# VI

*Terrível aventura*

Estava prestes a concluir-se o casamento da bela Primerose com o belo Jenni. O nosso amigo Freind jamais gozara de tão pura alegria; eu a compartilhava. E eis como se transforma ela numa desgraça que mal posso compreender.

A Clive-Hart amava Jenni, sem deixar de fazer-lhe contínuas traições. É a sorte, dizem, de todas as mulheres que, desprezando demais o pudor, renunciaram à probidade. Ela traía principalmente o seu querido Jenni com o seu querido Birton e mais um outro debochado da mesma têmpera. Viviam juntos na crápula. E uma coisa que talvez só se veja em nosso país é que eles todos tinham espírito e valor. Infelizmente, nunca tinham tanto espírito como contra Deus. A casa da senhora Clive-Hart era o salão dos ateus. Se ao menos fossem ateus honrados entra; o marido de Clive-Hart era um bêbedo imbecil, odioso a sua mulher tanto quanto submisso, e talvez exatamente por suas complacências. Balbuciando, oferece primeiro uns refrescos à senhorita que lhe honra a casa, e também se serve depois dela. A senhora Clive-Hart leva-os em seguida e manda trazer outros. Nesse meio tempo, a rua é desembaraçada e Primerose sobe no carro e regressa à casa da mãe. Um quarto de hora após, queixa-se de náuseas e vertigens. Atribui-se esse pequeno desarranjo ao movimento da carruagem. Mas o mal aumenta de instante a instante; e, no dia seguinte, estava à morte. O senhor Freind e eu corremos à sua residência. Fomos encontrar aquela encantadora criatura pálida, lívida, agitada de convulsões, os lábios contraídos, os olhos ora apagados, ora fulgurantes, e sempre fixos. Manchas negras lhe desfiguravam a bela garganta e o belo rosto. Sua mãe achava-se desmaiada junto ao leito. O prestativo Cheselden prodigalizava em vão todos os recursos da sua arte. Não vos pintarei o desespero de Freind; era inexprimível. Corro à casa da Clive-Hart. Informo-me de que seu marido acaba de morrer, e que sua mulher desertara de casa. Procuro Jenni; impossível encontrá-lo. Conta-me uma criada que a sua patroa se lançara aos pés de Jenni, conjurando-o a não abandoná-la na sua desgraça. Diz mais que ela partira com Jenni e Birton, e que ninguém sabe para onde foram.

Esmagado com esses repentinos e múltiplos golpes, o espírito agitado de terríveis suspeitas que eu repelia e que voltavam, arrasto-me até a casa da moribunda. "No entanto – dizia eu comigo mesmo, – se aquela abominável mulher se lançou aos joelhos de Jenni, se lhe pediu misericórdia, é que então ele não era cúmplice. Jenni é incapaz de um crime tão covarde, tão medonho, que não teria nenhum interesse, nenhum motivo para cometer, que o privaria de uma mulher adorável e da sua fortuna, que o tornaria execrável ao gênero humano. Fraco, ter-se-á deixado subjugar por uma infeliz cuja perversidade desconhece. Não viu, como eu, Primerose moribunda; não teria deixado a cabeceira de seu leito para seguir a envenenadora de sua futura esposa." Devorado por esses pensamentos, penetro, trêmulo, na casa daquela que não mais esperava encontrar com vida. Ela respirava. O velho Clive-Hart sucumbira em um instante, porque seu corpo se achava, desgastado pelos excessos; mas a jovem Primerose era sustentada por uma natureza tão robusta como pura era a sua alma. Avistou-me e, com voz terna, me perguntou onde estava Jenni. Diante disto, confesso que uma torrente de lágrimas me correu dos olhos. Não pude responder-lhe; não pude falar ao pai. Foi preciso deixá-la enfim entre as mãos fiéis que a serviam.

Fomos informar milorde dessa desgraça. Vós lhe conheceis o coração: é tão terno para com os amigos como terrível para os inimigos. Nunca um homem se mostrou tão compassivo com mais dura fisionomia. Tanto se esforçou por socorrer a moribunda, por descobrir o refúgio de Jenni e da sua celerada companheira, como se esforçara antes por dar a Espanha ao arquiduque. Todas as nossas pesquisas foram inúteis. Acreditei que Freind fosse morrer de desgosto. Corríamos, ora à casa de Primerose, cuja agonia se prolongava, ora a Rochester, a Douvres, a Portsmouth; enviava-se correio a toda parte, estava-se em toda parte, errava-se ao acaso como cães de caça que houvessem perdido a pista; e, enquanto isto, a desgraçada mãe da desgraçada Primerose via de hora a hora ir morrendo a filha.

Soubemos afinal que uma mulher muito moça e bonita, acompanhada de três jovens e alguns criados, embarcara em Neuport, no condado de Pembroke, em um pequeno navio cheio de contrabandistas, que ali se achava ancorado, e que esse navio partira para a América Setentrional.

Freind, a esta notícia, lançou um profundo suspiro; concentrou-se um momento e, apertando-me a mão, declarou:

— Devo ir à América.

Cheio de admiração e em pranto, respondi-lhe:

— Não vos deixarei. Mas que podereis fazer?

— Restituir meu filho único à sua pátria e à virtude, ou sepultar-me junto dele. Não podíamos duvidar, com efeito, pelos sinais que nos deram, de que era Jenni que havia embarcado com aquela horrível mulher e Birton, e os mais do seu cortejo.

O bom pai, tendo tomado o seu partido, despediu-se de milorde Peterborou, que logo regressou à Catalunha, e fomos fretar em Bristol um navio até Delaware e Maryland. Concluía Freind que, estando essas paragens em meio às possessões inglesas, para lá deveríamos navegar, tivesse o filho rumado para o sul ou para o norte. Muniu-se de dinheiro, de letras de câmbio e de víveres, deixando em Londres um empregado com o encargo de lhe mandar notícias pelos navios que partiam semanalmente para Maryland ou a Pensilvânia.

Partimos; o pessoal de bordo, vendo a serenidade de Freind, supunha que se tratava de uma viagem de recreio. Mas, quando tinha só a mim por testemunha, os seus suspiros assaz denotavam o sofrimento que lhe ia na alma. Algumas vezes eu me aplaudia, em segredo, da honra de consolar tão bela alma. Um vento de oeste nos reteve longo tempo à altura das Sorlingas. Fomos obrigados a rumar para a Nova Inglaterra. Quantas informações tomamos por toda a costa! Quanto tempo e quanto passo perdido! Afinal, tendo-se levantado um vento do nordeste, tocamos para Maryland. Foi lá que nos deram notícias de Jenni, da Clive-Hart e seus companheiros.

Haviam-se demorado mais de um mês no litoral, espantando toda a colônia com orgias e magnificências até então desconhecidas naquela parte do globo; depois haviam desaparecido, e ninguém sabia notícias suas.

Avançamos pela baía, com o intento de ir até Baltimore colher novas informações.

# VII

*O que aconteceu na América*

**D**eparou-se-nos à direita, no litoral, uma habitação muito bem edificada. Era uma casa baixa, cômoda e limpa, entre uma granja espaçosa e um vasto estábulo, tudo cercado de um parque onde vicejavam todos os frutos da região. A propriedade pertencia a um velho que nos convidou a desembarcar, para visitá-la. Não tinha aspecto de inglês, e vimos logo, pelo sotaque, que se tratava de um estrangeiro. Deitamos âncora; descemos; o bom do homem recebeu-nos cordialmente, e ofereceu-nos a melhor refeição que se possa fazer no novo mundo.

Discretamente lhe insinuamos nosso desejo de saber a quem devíamos a bondade de tal recepção.

— Sou – disse ele – um desses a quem chamais selvagens. Nasci numa das montanhas azuis que bordam esta região, e que daqui avistais no ocidente. Quando menino, fui mordido por uma cascavel, numa dessas montanhas; estava abandonado, ia morrer. Mas o pai do lorde Baltimore de hoje, encontrando-me, entregou-me aos cuidados de seu médico, e a ele devi a minha salvação. Em breve retribui o que lhe devia; pois lhe salvei a vida durante um combate com uma horda vizinha. Como recompensa, deu-me ele esta casa, onde vivo feliz.

Perguntou-lhe o senhor Freind se ele não era da mesma religião de Lorde Baltimore.

— Eu? – disse ele. – Eu sou da minha. Porque há de querer o senhor que eu seja da religião de um outro homem? Essa curta e enérgica resposta nos fez refletir um pouco.

— Tendes então – lhe disse eu – O vosso Deus e a vossa lei?

— Sim – respondeu-nos, com uma segurança que nada tinha de altivez. – Lá está o meu Deus (e apontou para o céu) e aqui a minha lei (e pôs a mão no coração). Disse-me o sr. Freind, cheio de admiração:

— Essa pura natureza sabe mais sobre o assunto do que todos os bacharéis que discutiram conosco em Barcelona.

Estava ansioso por saber, se possível, alguma notícia certa acerca de seu filho Jenni. Era um peso que o oprimia. Perguntou se não tinham ouvido falar daquele bando de jovens que tanto estardalhaço fizera pelas redondezas.

— Como? Se me falaram neles?! – exclamou o velho.

— Mas eu próprio os vi, hospedei-os em casa, e ficaram tão satisfeitos com a minha recepção, que partiram com uma de minhas filhas. Imaginai qual não foi o choque e o terror de meu amigo, ao ouvir tais palavras. Não pode deixar de exclamar, no primeiro impulso: Como! Então foi raptada por meu filho?!

— Bom inglês – retrucou o velho, – Não te incomodes; estimo muito que aquele que partiu de minha casa com minha filha seja teu filho; pois é belo, bem proporcionado e parece corajoso. Não, ele não raptou a minha querida Paruba; pois deves saber que Paruba é o seu nome, porque Paruba é o meu. Se ele houvesse raptado a minha Paruba, seria um roubo; e os meus cinco filhos machos, que estão a caçar pela vizinhança, a quarenta ou cinquenta milhas daqui, não teriam suportado essa afronta. É um grande pecado roubar o bem alheio. A minha filha foi por sua própria vontade com esses jovens; quis visitar o país; é uma pequena satisfação que não se deve recusar a uma criatura da sua idade. Esses viajantes ma devolverão em menos de um mês, tenho certeza, pois assim me prometeram.

Tais palavras me teriam feito rir, se a dor em que eu via absorto o meu amigo também não me houvesse penetrado a alma.

À noite, quando estávamos prestes a partir, aproveitando o vento, chega um dos filhos de Paruba, sem fôlego, com a palidez, o horror e o desespero estampado no rosto.

— Que tens, meu filho? De onde vens? Eu te supunha na caça. Que te aconteceu? Foste fendo por algum animal selvagem?

— Não, meu pai, não fui ferido, mas estou morrendo. Mas de onde vens, mais uma vez te pergunto, meu caro filho?

— Venho de quarenta milhas de distância, mas estou morto.

O pai, trêmulo, obriga-o a descansar. Dão-lhe estimulantes; apressuramo-nos em torno dele, os seus irmãozinhos, as suas irmãzinhas, o sr. Freind, eu e nossos criados. Depois que se refez, lançou-se ao pescoço do bom velho Paruba.

— Ah! – disse ele soluçando. – A minha irmã Paruba é prisioneira de guerra, e provavelmente vai ser devorada.

A estas palavras, o velho Paruba caiu por terra. O senhor Freind, que também era pai, sentiu um aperto nas entranhas. Afinal Paruba filho nos relatou que um bando de jovens ingleses muito estouvados atacara por passatempo os habitantes da montanha azul.

— Levavam consigo – disse ele – uma bela mulher e sua criada; e não sei como é que minha irmã se encontrava em tal companhia. A bela inglesa foi morta e comida; minha irmã foi feita prisioneira e será igualmente devorada. Venho aqui procurar auxílio contra os habitantes da montanha azul; quero matá-los, comê-los por minha vez, tomar-lhes minha irmã, ou morrer.

Foi então a vez do senhor Freind desmaiar; mas o hábito de dominar-se sustentou-o.

— Deus me deu um filho – disse-me ele. – Retomará o filho e o pai, quando for chegado o momento de executar seus eternos desígnios. Meu amigo, sou tentado a crer que Deus age às vezes por meio de uma providência particular, submetida às suas leis gerais, visto que pune na América os crimes cometidos na Europa e que a celerada Clive-Hart morreu como devia. Talvez o soberano fabricador de tantos mundos haja arranjado as coisas de modo que os grandes males cometidos em um globo sejam algumas vezes expiados nesse mesmo globo. Não ouso acreditá-lo, mas desejo-o; e assim acreditaria, se essa ideia não fosse contrária a todas as regras da boa metafísica.

Após reflexões tão tristes sobre tão fatais aventuras, muito comuns na América, Freind tomou incontinenti o seu partido, como costumava.

— Tenho – disse ele a seu hospedeiro – um bom navio, bem aprovisionado; remontemos o golfo com a maré, o mais perto possível das montanhas azuis. Meu mais urgente empenho é agora salvar a vossa filha. Vamos ter com os vossos antigos compatriotas; direis a eles que lhes venho trazer o cachimbo da paz e que sou neto de Penn: este nome bastará.

A esse nome de Penn, tão venerado em toda a América boreal, o bom Paruba e seu filho sentiram-se tomados do mais profundo respeito e da mais grata esperança. Embarcamos, velejamos e, em trinta e seis horas, já estávamos desembarcando nas proximidades de Baltimore.

Apenas nos achávamos à vista dessa praça, então quase deserta, quando divisamos de longe um numeroso bando de habitantes das montanhas azuis, que desciam para a planície com maças, machados e esses mosquetões que os europeus tão tolamente lhes haviam vendido para conseguir peles. Já se ouviam terríveis gritos. De outro lado, avançavam quatro cavaleiros, seguidos de alguns homens a pé. Essa pequena tropa nos tomou por gente de Baltimore que lhes fosse dar combate: Os cavaleiros correm para nós a toda brida, com o sabre em punho. Nossos companheiros preparavam-se para os receber. O senhor Freind, depois de olhar fixamente os cavaleiros, estremeceu um instante; mas, retomando logo o sangue-frio, disse-nos com voz comovida:

—Não se movam, meus amigos; deixem-me agir sozinho. Avança com efeito sozinho, sem armas, a passo lento, ao encontro da tropa. Vemos, num ápice, o chefe abandonar as rédeas de seu cavalo, lançar-se por terra, e tombar prosternado. Lançamos um grito de espanto; aproximamo-nos: era o próprio Jenni que banhava de lágrimas os pés do pai, o qual o enlaçava com suas mãos trêmulas. Nenhum dos dois podia falar. Birton e os dois jovens cavaleiros que o acompanhavam apearam do cavalo. Mas Birton, conservando o seu caráter, disse-lhe:

— Oh! meu caro Freind, eu não te esperava por aqui. Fomos feitos para as aventuras. Francamente, muito prazer em ver-te.

Freind, sem se dignar responder-lhe, voltou-se para o exército das montanhas azuis, que avançava. E encaminhou-se na sua direção apenas com Paruba, que servia de intérprete.

— Compatriotas – disse-lhes Paruba, – eis aqui o descendente de Penn, que vos traz o cachimbo da paz. A estas palavras, respondeu o mais antigo do povo, erguendo as mãos e os olhos ao céu.

— Um filho de Penn! Que eu lhe beije os pés e as mãos, e as partes sagradas da geração. Possa ele fazer uma longa raça de Penn! Que os Penn vivam para sempre! O grande Penn é o nosso manitu, o nosso Deus. Foi quase o único europeu que não nos enganou, que não se apoderou de nossas terras à força. Comprou a região que lhe cedemos; pagou-a liberalmente; manteve a concórdia entre nós; trouxe remédios para as poucas doenças que nos comunicava o nosso contato com europeus; ensinou-nos artes que ignorávamos. Jamais fumamos contra ele nem contra seus filhos o cachimbo da guerra; para os Penn, só temos o cachimbo da adoração.

Tendo assim falado em nome de seu povo, correu com efeito a beijar as mãos e os pés do senhor Freind; mas absteve-se de chegar às partes sagradas quando lhe disseram que isso não era costume na Inglaterra e que cada terra tem as suas cerimônias.

Freind mandou trazer imediatamente de bordo umas três dúzias de presuntos, outros tantos pastelões e frangos recheados e duzentos garrafões de vinho de Pontac. Jenni e seus companheiros tomaram parte no festim; mas Jenni preferia achar-se a cem pés abaixo da terra. O pai não lhe dizia palavra; e tal silêncio ainda mais lhe aumentava a vergonha.

Birton, a quem tudo era igual, mostrava uma estouvada alegria. Antes de começarem a comer, disse Freind ao bom Paruba: "Só nos falta aqui uma estimada criatura, a vossa filha." Imediatamente o comandante das montanhas azuis a mandou buscar; não lhe tinham feito nenhum ultraje; ela abraçou o pai e o irmão como se voltasse de um passeio.

Aproveitei-me da liberdade do repasto para indagar porque motivo haviam os guerreiros das montanhas azuis matado o devorado a senhora Clive-Hart, e nada tinham feito à filha de Paruba.

— É porque somos justos – respondeu o comandante. – Essa orgulhosa inglesa era do bando que nos atacou, matou um dos nossos por trás, com um tiro de pistola. Nada fizemos a Paruba ao saber que era filha de um dos nossos antigos camaradas e que aqui só viera divertir-se; a cada qual pelo que faz.

Freind mostrou-se muito bem impressionado com essa máxima; mas observou que o costume de devorar mulheres era indigno de tão brava gente e que, com tantas virtudes, não deviam ser antropófagos.

O chefe das montanhas perguntou-nos então o que fazíamos com os nossos inimigos, depois de os matar.

— Nós os enterramos – respondi-lhe.

— Quer isto dizer – retrucou – que os dais de comer aos vermes. Nós queremos a primazia; nossos estômagos são uma sepultura mais honrosa.

Birton divertiu-se em sustentar a opinião das montanhas azuis. Disse que o costume de levar o próximo para a panela ou para o espeto era o mais antigo, e o mais natural, pois já o haviam encontrado assente em ambos os hemisférios; que estava por conseguinte provado tratar-se de uma ideia inata; que tinham saído à caça de homens antes de ir à caça de animais, pela razão de que era mais fácil matar um homem do que matar um lobo; que, se os judeus, nos seus livros por tanto tempo ignorados, imaginaram que um chamado Caim matou um chamado Abel, talvez fosse apenas para o comer; que esses próprios judeus confessam claramente haver-se alimentado várias vezes de carne humana; que, segundo os melhores historiadores, os judeus devoraram as carnes sangrentas dos romanos assassinados por eles no Egito, em Chipre, na Ásia, quando das suas revoltas contra os imperadores Trajano e Adriano.

Deixamo-lo dizer esses duros gracejos, cujo fundo podia infelizmente ser verdadeiro, mas que nada tinham do aticismo grego e da urbanidade romana.

O bom Freind, sem lhe responder, dirigiu a palavra aos nativos. Paruba interpretava-o frase a frase. Jamais o grave Tillotson falou com tanta energia. Jamais o insinuante Smalridge teve graças tão tocantes. O grande segredo está em demonstrar com eloquência. Ele lhes demonstrou, pois, que esses festins, onde é servida a carne de nossos semelhantes, são repastos de abutres, e não de homens; que esse execrável costume inspira uma ferocidade destrutiva do gênero humano; que era a razão pela qual não conheciam eles nem as consolações da sociedade nem o cultivo da terra. Afinal juraram pelo seu grande Manitu que não mais comeriam nem homens nem mulheres.

Freind, em uma só conversação, tornou-se o seu legislador: era Orfeu que dominava os tigres. Os jesuítas, por mais que se atribuam milagres em suas Cartas curiosas e edificantes, que raramente são uma coisa ou outra, jamais igualarão a nosso amigo Freind.

Após haver cumulado de presentes os senhores das montanhas, trouxe a bordo, de volta para casa, o velho Paruba, bem como o jovem Paruba e sua irmã; os outros irmãos prosseguiram a caçada, para as bandas da Carolina. Jenni, Birton e seus camaradas também vinham a bordo, O sábio Freind persistia no método de não dirigir a mínima censura a seu filho quando este fazia alguma das suas. Deixava-o examinar-se e devorar seu próprio coração, como diz Pitágoras. No entanto, tomou três vezes a carta que lhe haviam mandado da Inglaterra e, enquanto a relia, olhava para o filho, que sempre baixava os olhos; e no rosto do jovem liam-se o respeito e o arrependimento.

Quanto a Birton, estava tão alegre e desenvolto como se voltasse do teatro: era um caráter mais ou menos ao gosto do falecido conde de Rochester, extremo no deboche, na bravura, nas ideias, nas expressões, na filosofia epicurista, sem nunca estar ligado a coisa alguma, senão às coisas extraordinárias, de que logo se aborrecia; com essa sorte de espírito que toma as verossimilhanças por demonstrações; mais sábio, mais eloquente do que nenhum jovem da sua idade, mas sem nunca se dar ao trabalho de aprofundar coisa alguma.

Ao sr. Freind, escapou dizer-me, enquanto jantava conosco a bordo:
— Na verdade, meu amigo, espero que Deus há de inspirar melhores costumes a esses jovens, que o terrível exemplo da Clive-Hart os possa corrigir.
Tendo ouvido essas palavras, disse-lhe Birton, em tom um pouco desdenhoso:
— Fazia muito que eu não estava nada contente com essa malvada Clive-Hart: não me importo mais com ela do que com uma franga gorda que houvessem mandado para o espeto. Mas, falando sério, achais que exista, não sei onde, um ser continuamente ocupado em punir todas as más mulheres e todos os homens perversos que povoam e despovoam os quatro cantos do nosso pequeno mundo? Esqueceis que a nossa detestável Maria, filha de Henrique VIII, foi feliz até a morte? E no entanto fizera morrer, nas chamas, mais de oitocentos cidadãos e cidadãs, sob o pretexto de que não acreditavam nem na transubstanciação nem no papa. Seu pai, quase tão bárbaro quanto ela, e seu marido, mais profundamente mau, viveram nos prazeres. O papa Alexandre VI, mais criminoso do que eles todos, foi também o mais afortunado: todos os seus crimes lhe saíram bem, e ele morreu aos setenta e dois anos, poderoso, rico, cortejado por todos os reis. Onde está, pois, o Deus justo e vingador? Não, por Deus! não existe Deus.
O senhor Freind, com um ar austero, mas tranquilo, retrucou-lhe:
— Quer-me parecer que não devíeis jurar pelo próprio Deus que esse mesmo Deus não existe. Atentai em que Newton e Locke jamais pronunciaram esse nome sagrado senão com um ar de recolhimento e adoração secreta que foi notado por todo o mundo.
— Pox! – exclamou Birton. – Pouco me importa a cara que dois homens tenham feito. Que cara teria Newton quando comentava o Apocalipse? E que careta fazia Locke quando narrava a conversação de um papagaio com o príncipe Maurício?
Então Freind pronunciou estas belas palavras de ouro, que se gravaram em meu coração: Esqueçamos os sonhos dos grandes homens, e lembremo-nos das verdades que eles nos ensinaram.
Essa resposta provocou uma disputa regular, mais interessante que a conversação com o bacharel de Salamanca. Meti-me a um canto e anotei tudo quanto se disse. O público cercou os dois contendores: o velho Paruba, o seu filho, e principalmente a sua filha, e os companheiros de Jenni, escutavam, com o pescoço estendido, os olhos fixos; e Jenni, de cabeça baixa, com os cotovelos sobre os joelhos, as mãos sobre os olhos, parecia mergulhado na mais profunda meditação. Eis a polêmica, palavra por palavra.

# VIII

*Diálogo de Freind e de Birton sobre o ateísmo*

*F*reind: — Não vos repetirei, Senhor, os argumentos metafísicos de nosso famoso Clarke. Exorto-vos simplesmente a lê-los; são mais próprios para vos esclarecer do que para vos comover: não vos quero trazer senão razões, que talvez falem mais a vosso coração.

Birton: — Com muito prazer; quero que me divirtam e que me interessem; odeio os sofismas: as disputas metafísicas se assemelham a bolas cheias de vento que os combatentes atiram um ao outro. As bexigas rebentam, o ar escapa-se: nada sobra.

Freind: — Talvez nas profundezas do respeitável ariano Clarke haja algumas obscuridades, algumas bexigas; talvez se haja ele enganado sobre a realidade do infinito atual e do espaço, etc.; talvez, fazendo-se comentador de Deus, tenha imitado as vezes os comentadores de Homero, que lhe atribuem ideias que a Homero jamais ocorreram.

A estas palavras de infinito, espaço, Homero, comentadores, o velho Paruba e sua filha, e até alguns ingleses, resolveram ir tomar a fresca no tombadilho; mas Freind prometeu ser inteligível, e eles permaneceram; e eu expliquei baixinho a Paruba algumas palavras um pouco científicas, que criaturas nascidas nas montanhas azuis não podiam compreender tão comodamente como doutores de Oxford e de Cambridge.

O amigo Freind continuou assim:

— Seria triste que, para ter certeza da existência de Deus, fosse necessário ser um profundo metafísico: não haveria, quando muito, na Inglaterra, mais que uns cem espíritos versados nessa árdua ciência do pró e do contra que fossem capazes de sondar esse abismo, e o resto da terra inteira jazeria numa ignorância invencível, abandonado a suas paixões brutais, governado tão só pelo instinto, e só raciocinando passavelmente sobre as grosseiras noções de seus interesses carnais. Para saber se há um Deus, só vos peço uma coisa: é abrirdes os olhos.

Birton: — Ah! já sei: recorrer a esse velho e batido argumento de que o sol gira em torno do seu eixo em vinte e cinco dias e meio, a despeito da absurda Inquisição de Roma; que a luz nos chega refletida de Saturno em catorze minutos, apesar das suposições absurdas de Descartes; que cada estrela fixa é um sol como o nosso, cercado de planetas; que todos esses astros inumeráveis, colocados nas profundezas do espaço, obedecem às leis matemáticas descobertas e demonstradas pelo grande Newton; que um catequista anuncia Deus às crianças, e que Newton o prova aos sábios, como o disse um filósofo frenchman, perseguido no seu engraçado país por havê-lo dito.

Não vos atormenteis em patentear-me essa ordem constante que reina em todas as partes do universo: afinal de contas, tudo o que existe deve estar numa ordem qualquer; a matéria mais rarefeita deve elevar-se acima da mais maciça, o mais forte deve fazer pressão, em todos os sentidos, sobre o mais fraco, o que é impulsionado com maior movimento deve correr mais depressa que o seu igual; tudo se arranja assim por si mesmo. Ainda que bebêsseis uma pinta de vinho, como Esdras, e falásseis, como ele, novecentas e sessenta horas seguidas, sem fechar a boca, nem por isso eu vos acreditaria mais. Queríeis que eu adotasse um Ser eterno, infinito e imutável, a quem aprouve, não sei em que tempo, criar, do nada, coisas que mudam a todo instante, e fazer aranhas para que destripem moscas? Queríeis que eu dissesse, com esse impertinente de Nienventyd, que Deus nos deu ouvidos para termos fé, porque a fé nos vem por ouvir dizer. Não, não acreditarei em charlatães que venderam caro a sua droga a imbecis.

Reporto-me ainda ao livrinho desse frenchman que disse que nada existe e nada pode existir, senão a natureza; que a natureza faz tudo, que a natureza é tudo, que é impossível e contraditório que exista alguma coisa além do tudo; numa palavra, só creio na natureza.

Freind: — E se eu vos dissesse que não há natureza, e que em nós, em torno de nós, e a cem milhões de léguas, tudo é arte sem nenhuma exceção?

Birton: — Como! Tudo é arte? Mais outra!

Freind: — Quase ninguém atenta nisso; e no entanto nada é mais verdadeiro. Sempre hei de dizer: Servi-vos de vossos olhos, e reconhecereis, adorareis um Deus. Pensai em como esses globos imensos, que vedes rolar em sua imensa carreira, observam as leis de uma profunda matemática: há, pois, um grande matemático, a que Platão chamava o Eterno Geômetra.

Admirais essas máquinas recém-inventadas a que chamam oreri, porque milorde Oreri as pôs em moda, protegendo o operário com suas liberalidades; é uma cópia muito fraca do nosso mundo planetário e das suas revoluções, o próprio período da mudança dos solstícios e dos equinócios, que nos traz dia a dia uma nova estrela polar.

Esse período, esse curso tão lento de cerca de vinte e seis mil anos, não pôde ser executado por mãos humanas em nosso oreri. Essa máquina é muito imperfeita: é preciso acioná-la a manivela; no entanto, é uma obra-prima da habilidade de nossos artífices. Julgai, pois, qual não é o poder, qual não é o gênio do eterno arquiteto, se nos podemos servir desses termos impróprios, tão mal adequados ao Ser Supremo.

Dei a Paruba uma ligeira ideia do oreri. Pile disse: "Se há gênio nessa cópia também o deve haver no original. Eu desejaria ver um oreri; mas o céu é mais belo." Todos os assistentes, ingleses e americanos, ao ouvir tais palavras, sentiram-se igualmente tocados da verdade, e ergueram as mãos ao céu. Birton permaneceu pensativo, depois exclamou: "Como! Tudo seria então arte, e a natureza não mais que a obra de um supremo artífice! Será possível?"

O sábio Freind continuou assim:

— Volvei agora os olhos para vós mesmos. Examinai com que arte espantosa, e nunca assaz desvendada, tudo aí está construído, por dentro e por fora, para todos os vossos usos e todos os vossos desejos; não pretendo dar aqui uma lição de anatomia, bem sabeis que não há uma víscera que não seja necessária e que não seja socorrida, quando em perigo, pelo jogo contínuo das vísceras vizinhas. Os socorros, no corpo, se acham tão artificiosamente preparados, que não há nenhuma veia que não tenha as suas válvulas e eclusas, para abrir passagem ao sangue. Desde a raiz dos cabelos até os dedos dos pés, tudo é arte, tudo é preparação, meio e fim. E, na verdade, só se pode sentir indignação contra aqueles que ousam negar as verdadeiras causas finais, e que têm bastante má fé ou fúria para dizerem que a boca não é feita para falar e comer; nem que os olhos não estejam maravilhosamente dispostos para ver, nem os ouvidos para ouvir; nem as partes da geração para engendrar: tão louca é essa audácia que tenho dificuldade em compreendê-la.

Confessemos que cada animal é um testemunho do supremo artífice.

A mais pequena relva basta para confundir a inteligência humana; e tão verdade é isso, que é impossível aos esforços de todos os homens reunidos produzir uma folhinha de capim se o germe não estiver na terra. E não se deve dizer que os germes apodrecem para produzir; pois tais asneiras não se dizem mais.

A assembléia sentiu a verdade dessas provas mais vivamente que todo o resto, porque eram mais palpáveis. Birton dizia entre dentes: "Será preciso submeter-me a reconhecer um Deus? Veremos isso; por Deus, é um assunto que se deve examinar." Jenni, que continuava imerso em profunda cisma, sentia-se abalado; e o nosso Freind terminou a sua frase:

— Não, meus amigos, nós não fazemos nada, nada podemos fazer; é-nos dado arranjar, unir, desunir, numerar, pesar, medir; mas fazer! Qual! Só quem faz é o Ser necessário, o Ser eternamente existente por si mesmo. Eis porque os charlatães que procuram a pedra filosofal são sempre tamanhos imbecis ou tamanhos velhacos. Gabam-se de criar ouro, e seriam incapazes de criar lama.

Confessemos pois, meus amigos, que existe um Ser supremo, necessário, incompreensível, que nos fez a todos.

Birton: — E esse Ser, onde está? Se há um, por que se esconde? Quem jamais o viu. Devemo-nos esconder depois de ter feito o bem?

Freind: — Vistes alguma vez Cristovão Ken, que construiu S. Paulo de Londres? No entanto, está demonstrado que esse edifício é obra de um hábil arquiteto.

Birton: — Todos concebem facilmente que Ken haja construído com muito dinheiro esse vasto edifício, onde Burgess nos adormece quando prega. Bem sabemos por que e como ergueram os nossos pais essa construção. Mas por que e como teria um Deus criado do nada este universo? Conheceis a velha máxima de toda a Antiguidade: Nada se pode criar, nada volta a nada. É uma verdade de que ninguém jamais duvidou. Até a vossa Bíblia diz expressamente que o vosso Deus fez o céu e a terra, embora o céu, isto é, a reunião de todos os astros seja tão superior à terra como a terra o é ao menor dos grãos de areia; mas a vossa Bíblia jamais disse que Deus tenha feito o céu e a terra absolutamente com coisa alguma: não pretende que Deus tenha feito a mulher de nada. Formou-a singularmente de uma costela que arrancou ao marido. O caos existia, segundo a própria Bíblia, antes da terra: a matéria era, pois, tão eterna quanto o vosso Deus.

Elevou-se então um pequeno murmúrio na assembléia; dizia-se: "É bem possível que Birton esteja com a razão"; mas Freind respondeu:

— Já vos provei, creio eu, que existe uma inteligência suprema, uma potência eterna a que devemos uma existência passageira: não vos prometi explicar o "por que" nem o "como". Deus me deu suficiente razão para compreender que ele existe, mas não o bastante para saber ao certo se a matéria lhe foi eternamente submissa, ou se ele a fez nascer no tempo. Que vos importa a eternidade ou a criação da matéria, contanto que reconheçais um Deus, um senhor da matéria e senhor vosso?

Perguntais onde está Deus; nada sei, e não devo sabê-lo. Sei que ele existe, sei que ele é nosso senhor, que faz tudo, que tudo devemos esperar da sua bondade.

Birton: — Da sua bondade! Estais troçando comigo. Dissestes: "Servi-vos dos olhos". Pois eu vos digo: "Servi-vos dos vossos." Lançai um único olhar que seja, à terra inteira, e vede se o vosso Deus é bom.

O sr. Freind sentiu que aí é que estava o forte da discussão, e que Birton lhe preparava um rude assalto. Percebeu que os ouvintes, principalmente os americanos, tinham necessidade de tomar ares para escutar e eles para falar. Recomendou-se a Deus; foram passear pelo tombadilho; em seguida tomaram chá no iate, e recomeçou a discussão.

# IX

*Sobre o ateísmo*

*B*irton: — Por Deus, senhor! Não vos saireis tão bem no artigo da bondade como no referente ao poder e à indústria; falarei primeiro dos enormes defeitos deste globo, que são precisamente o oposto dessa tão gabada indústria; em seguida vos farei ver os crimes e males perpétuos dos habitantes, e julgareis do paternal afeto que, na vossa opinião, lhes dedica o Senhor. Começo por vos dizer que os naturais de Glocestershire, minha terra, quando fazem nascer cavalos nos seus haras, criam-nos em belas pastagens, dão-lhes depois uma boa estrebaria, e aveia e feno com fartura; mas dizei-me, que alimento e que abrigo tinham esses pobres americanos do norte, quando os descobrimos passados tantos séculos. Tinham de correr trinta a quarenta milhas para conseguir o que comer. Toda a costa boreal do nosso antigo mundo definha mais ou menos sob a mesma necessidade; e, desde a Lapônia sueca até os mares setentrionais do Japão, cem povos arrastam a sua vida, tão curta quão insuportável, numa miséria terrível, em meio das neves eternas.

Os mais belos climas estão continuamente expostos a flagelos destruidores. Aí marchamos sobre acesos abismos recobertos de terrenos férteis, que são ciladas de morte. Não há outros infernos sem dúvida; e esses infernos se abriram milhentas vezes sob nossos passos.

Falam-nos de um dilúvio universal, fisicamente impossível, e de que riem todas as pessoas sensatas; mas ao menos consolam-nos dizendo que somente durou dez meses: devia ele ter apagado esses fogos que depois destruíram tantas cidades florescentes. Informa-nos o vosso Santo Agostinho que um só terremoto, na Líbia, abrasou e subverteu cem cidades inteiras; esses vulcões abalaram toda a bela Itália. Para cúmulo de males, nem os tristes habitantes das zonas glaciais se acham isentos desses pegos subterrâneos; os islandeses, sempre ameaçados, veem, pela frente, a fome, e, à direita e à esquerda, cem pés de flama e cem pés de gelo no seu monte Hecla: pois todos os grandes vulcões ficam situados naquelas horríveis montanhas.

E não nos venham dizer que essas montanhas de duas mil toesas de altura não são nada em relação à terra, que tem três mil léguas de diâmetro; que são como as granulações da casca de uma laranja sobre a redondeza desse fruto; que se acham na razão de um pé para três mil. Ai! que somos nós então, se as altas montanhas só fazem sobre a terra a figura de um pé sobre três mil e de quatro polegadas sobre nove mil pés? Somos portanto animais absolutamente imperceptíveis; e no entanto vemo-nos esmagados por tudo o que nos cerca, embora a nossa infinita pequenez, tão vizinha do nada, nos devesse colocar ao abrigo de todos os acidentes. Após essa infinidade de cidades destruídas, reconstruídas e novamente destruídas como formigueiros, que diremos desses mares de areia que atravessam o meio da África e cujas vagas ardentes, amontoadas pelos ventos, engoliram exércitos inteiros? De que servem esses vastos desertos ao lado da velha Síria? Desertos tão horrendos, tão inabitáveis, que esses animais ferozes chamados judeus se julgaram no paraíso terrestre quando passaram, daqueles lugares de horror, para um recanto de terra onde se podiam cultivar algumas jeiras.

E ainda não basta que o homem, essa nobre criatura, tenha sido tão mal alojado, tão mal vestido, tão mal alimentado durante séculos. Nasce, entre a urina e a matéria fecal, para respirar dois dias; e, durante esses dois dias, compostos de enganadoras esperanças e de aborrecimentos reais, o seu corpo, formado com uma arte inútil, está à mercê de todos os males que resultam dessa mesma arte; vive entre a peste e a sífilis; a fonte de seu ser se acha envenenada; não há quem possa reter na memória a lista de todas as doenças que nos perseguem; e o médico das urinas na Suíça, pretende curá-las todas!

Enquanto Birton assim falava, o auditório se mostrava atento e impressionado. "Vejamos – dizia consigo Paruba – como o nosso doutor se sairá desta." O próprio Jenni deixou escapar em voz baixa: "Palavra, ele tem razão; tolo fui eu em me impressionar com os discursos de meu pai." O senhor Freind deixou passar essa onda, que agitava todas as imaginações, e depois disse:

— Um jovem teólogo responderia com sofismas a essa torrente de tristes verdades e vos citaria S. Basílio e S. Cirilo, que não têm o que fazer aqui; quanto a mim, senhores, confessarei sem rodeios que há muito mal físico sobre a face da terra; não lhe subestimo a existência; mas o sr. Birton exagerou-a demasiado. Reporto-me a vós, meu caro Paruba: este clima foi feito para os americanos, e não é assim tão mau, já que nem vós, nem os vossos compatriotas, jamais quisestes deixá-lo. Os esquimós, os islandeses, os lapões, os ostíacos, os samoiedos, igualmente jamais quiseram abandonar o seu. Os rangíferes, os renas, que Deus lhes deu para os alimentar, vestir e carregar, morrem quando transportados para outras zonas. Os próprios lapões também morrem em climas um pouco meridionais; o clima da Sibéria é demasiado quente para eles: sentir-se-iam abrasados na paragem em que nos achamos.

É claro que Deus fez cada espécie de animais e de vegetais para o local onde se perpetuam. Os negros, essa espécie de homens tão diferente da nossa, nasceram de tal modo para a sua pátria, que milhares desses negros animais se suicidaram, quando a nossa bárbara cupidez os transportou alhures. O Camelo e o avestruz vivem constantemente nas areias da África: o touro e suas companheiras movimentam-se nas regiões férteis em que a relva continuamente se renova para seu sustento; a canela e o cravo só crescem na Índia, o trigo só é bom nos poucos países em que Deus o fez nascer. Temos outros alimentos, em toda a vossa América, desde a Califórnia até o estreito de Lemaire; não podemos cultivar a vinha em nossa fértil Inglaterra; nem tampouco na Suécia e no Canadá. Eis por que aqueles que, em certos países, fundam os seus ritos religiosos em pão e vinho, não fizeram mais que consultar o seu clima; bem fazem eles em agradecer a Deus o alimento e à bebida que auferem da sua bondade; e vós, americanos, fareis bem em lhe dar graças, pelo vosso milho, a vossa mandioca e a vossa farinha. Deus, por toda a terra, proporcionou os órgãos e faculdades dos animais, desde o homem ao caracol, aos locais onde lhes deu vida: não acusemos sempre a Providência quando tantas vezes lhe devemos ações de graças.

Consideremos os flagelos, as inundações, os vulcões, os terremotos. Se não reparais senão nessas calamidades, se só reunis um medonho conjunto de todos os incidentes que entravaram algumas engrenagens da máquina deste universo, Deus é um tirano; se atentais em seus inumeráveis benefícios, Deus é um pai. Vós me citais Santo Agostinho, o retórico, que, no seu livro dos milagres, fala de cem cidades destruídas ao mesmo tempo na Líbia; mas considerai que esse africano, que passou a vida a contradizer-se, prodigava em seus escritos a figura da ênfase: tratava os terremotos como a graça eficaz e a danação eterna de todas as criancinhas mortas sem batismo. Não disse ele, no seu trigésimo-sétimo sermão, ter visto na Etiópia uma raça de homens providos de um grande olho no meio da fronte, como os ciclopes, e povos inteiros sem cabeça?

Nós, que não somos doutores da Igreja, não devemos ficar muito além nem muito aquém da verdade: essa verdade é que, dentre cem mil casas, pode-se contar quando muito uma destruída cada século pelos fogos necessários à formação deste globo.

Tão necessário é o fogo ao universo inteiro que, se não fora ele, não haveria na terra nem animais, nem vegetais, nem minerais: não haveria nem sol nem estrelas no espaço. Esse fogo, espalhado por debaixo da primeira crosta da terra, obedece às leis gerais estabelecidas pelo próprio Deus; impossível que disso não resultem alguns desastres particulares: não se pode dizer que um artesão seja mau operário quando uma máquina imensa, construída por ele só, vem durando há tantos séculos sem desarranjar-se. Se um homem tivesse inventado uma máquina hidráulica que regasse e fertilizasse toda uma província, haveríeis de censurar-lhe que a água que ele vos propinou afogasse alguns insetos?

Já vos provei que a máquina do mundo é obra de um ser soberanamente inteligente e poderoso: vós, que sois inteligentes, deveis admirá-lo; vós, que sois cumulados de seus benefícios, deveis amá-lo.

Mas os infelizes, direis, condenados a sofrer toda a vida, acabrunhados de moléstias incuráveis, podem acaso admirá-lo e amá-lo? Eu vos direi, meus amigos, que essas doenças tão cruéis vêm quase todas por culpa nossa, ou por culpa dos nossos pais, que abusaram do seu corpo, e não por culpa do grande artífice. Quase não se conheciam outras enfermidades além da decrepitude, em toda a América setentrional, antes de que para cá houvéssemos trazido essa água de morte a que chamamos eau-de-vie[7] e, e que traz mil males diversos a quem quer que a beba em demasia. O contágio secreto das Caraíbas, a quem vós, os jovens, chamais de pox, não passava de uma leve indisposição cuja origem, ignorávamos e de que nos curávamos em dois dias com guaiaco ou caldo de tartaruga; a incontinência dos europeus transplantou para o resto do mundo esse incômodo, que tomou entre nós um caráter tão funesto e se transformou em tão abominável flagelo. Lemos que vieram a morrer desse mal o papa Júlio II, o papa Leão X, um arcebispo de Mogúncia chamado Benneberg e o rei de França Francisco I.

A varíola, originada na Arábia Felix, era tão somente uma fraca erupção, uma ebulição passageira e sem perigo, uma simples depuração do sangue: tornou-se mortal na Inglaterra, como em tantos outros climas; nossa cupidez a trouxe para este mundo; ela o despovoou.

Cumpre lembrar que, no poema de Milton, esse tolo do Adão pergunta ao anjo Gabriel se viverá por muito tempo. "Sim – respondeu-lhe o anjo, – se observares a grande regra: Nada em excesso." Observai todos essa regra, meus amigos; acaso vos atreveríeis a exigir que Deus vos fizesse viver sem dor durante séculos inteiros, em recompensa da vossa gula, da vossa embriaguez, da vossa incontinência, do vosso abandono a infames paixões que corrompem o sangue e abreviam fatalmente a vida?

Aprovei tal resposta; Paruba ficou muito satisfeito com ela; mas Birton não se abalou; e notei pelos olhos de Jenni, que este ainda se achava bastante indeciso. Birton replicou como segue:

— Já que vos servistes de lugares-comuns de envolta com algumas reflexões novas, empregarei também um lugar comum ao qual jamais se respondeu senão com ficções e verbiagem. Se existisse mesmo um Deus tão poderoso e tão bom, não teria ele posto o mal na terra; não teria devotado as suas criaturas ao sofrimento e ao crime. Se ele não pôde impedir o mal, é impotente, se o pôde e não o quis, é bárbaro.

Só temos anais de cerca de oito mil anos, conservados entre os brâmanes; só os temos de uns cinco mil anos entre os chineses; o que conhecemos é de ontem; mas, nesse ontem, tudo é horror. Degolamos de um extremo a outro da terra, e fomos bastante imbecis para dar o nome de grandes homens, de heróis, de semideuses, de deuses até, àqueles que mataram o maior número de seus semelhantes.

---

7. Em francês eau-de-vie, isto é, água de vida.(bebida alcoólica).

Restavam na América duas grandes nações civilizadas que começavam a gozar das doçuras da paz: chegam os espanhóis e massacram doze milhões desses nativos; partem à caça de homens, como cães; e Fernando, rei de Castela, concede uma pensão a esses cães, por terem-no tão bem servido. Os heróis vencedores do novo mundo, que massacram tantos inocentes desarmados e nus, mandam servir à mesa assados de homens e mulheres, nádegas, braços e panturrilhas ensopadas. Mandam assar num braseiro o rei Guatimozin do México; correm ao Peru, a converter o rei Atabalipa. Um chamado Almagro, padre, filho de padre, condenado à forca na Espanha por ter sido ladrão de estrada, vai, com um chamado Pizarro, comunicar ao rei, por voz de um outro padre, que um terceiro padre, chamado Alexandre VI, manchado de incestos, de assassínios e de homicídios, dera, por sua livre vontade, próprio motu, e por seus plenos poderes, não só o Peru, mas a metade do novo mundo ao rei de Espanha; que Atabalipa deve imediatamente submeter-se, sob pena de incorrer na indignação dos apóstolos S. Pedro e S. Paulo. E, como esse rei não entendesse a língua latina mais do que o padre que lia a bula, foi logo declarado incréu e herético: mandaram queimar Atabalipa, como fizeram com Guatimozin; trucidaram o seu povo, e tudo isso para roubar uma terra amarela endurecida, que só serviu para despovoar e empobrecer a Espanha: pois lhe fez negligenciar a verdadeira terra que sustenta os homens quando cultivada.

Com efeito, meu caro sr. Freind, se o ser fantástico e ridículo a que chamam Diabo tivesse querido fazer homens à sua imagem e semelhança, acaso os teria formado de outro modo? Deixai, pois, de atribuir a um Deus uma obra tão abominável.

Esta tirada colocou toda a assembleia do lado de Birton. Eu via Jenni triunfar em segredo; até a jovem Paruba se sentiu tomada de horror ante o padre Almagre, o padre que lera a bula em latim, o padre Alexandre Vi, todos os cristãos que haviam cometido tão inconcebíveis crimes por devoção e para roubar ouro. Confesso que tremi pelo amigo Freind; desesperava da sua causa; eis no entanto como ele respondeu, sem perturbar-se:

— Meus amigos, lembrai-vos sempre de que existe um Ser supremo; eu vo-lo provei, e concordastes comigo, e, após ter sido forçados a confessar que ele existe, vós vos esforçastes por lhe achar imperfeições, vícios e maldades.

Longe estou de vos afiançar, como certos arrazoadores, que os males particulares formam o bem geral. Essa extravagância é demasiado ridícula. Convenho com pesar em que existe muito mal moral e mal físico; mas, já que a existência de Deus é certa, também é certo que esses males todos não podem impedir que Deus exista. Ele não pode ser mau; pois que interesse teria em sê-lo? Há males terríveis, meus amigos: pois bem! não lhes aumentemos o número. É impossível que Deus não seja bom; mas os homens são perversos; fazem um detestável uso da liberdade que esse Grande Ser lhes deu e lhes deve ter dado, isto é, o poder de executarem suas próprias vontades, sem o que não passariam de puras máquinas formadas por um ser mau, para serem por ele quebradas.

Todos os espanhóis esclarecidos concordam em que um pequeno número de seus antepassados abusou dessa liberdade até a prática de crimes que fazem fremir a natureza. Dom Carlos, segundo do nome (de quem possa o senhor arquiduque ser sucessor!) reparou o quanto pôde as atrocidades a que se entregaram os espanhóis sob Fernando e sob Carlos Quinto.

Meus amigos, se existe o crime na face da terra, aqui também existe a virtude. Birton: — Ah! ah! ah! a virtude! Engraçado, isto. Por Deus! Eu bem queria saber que cara tem a virtude, e onde encontrá-la.

A estas palavras, não me contive e interrompi por minha vez a Birton: — "Vós a encontrareis no sr. Freind, no bom Paruba, em vós mesmo, quando tiverdes limpado o coração dos vícios que os recobrem." Ele corou, Jenni também; depois Jenni baixou os olhos, e pareceu sentir remorsos. O pai olhou-o com alguma compaixão e prosseguiu nos seguintes termos:

— Sim, meus caros amigos, se houve crimes, sempre houve virtudes. Atenas, Se viu Anitos, viu também Sócrates; Roma, se teve Silas, também teve Catões; Calígula, Nero, horrorizaram o mundo com as suas atrocidades; mas Tito, Trajano Antonino Pio, Marco Aurélio consolaram-no com a sua beneficência: o meu Sherloc dirá em poucas palavras ao bom Paruba quem eram esses a que me refiro. Tenho felizmente o meu Epicteto aqui no bolso: esse Epicteto não passava de um escravo, mas, pelos seus sentimentos, era igual a Marco Aurélio. Escutai, e possam todos aqueles que se arvoram em doutrinadores escutar o que Epicteto diz a si mesmo: Foi Deus quem me criou, eu o trago em mim; ousaria desonrá-lo com pensamentos infames, com ações criminosas, com desejos indignos? A sua vida foi conforme as suas palavras. Marco Aurélio, no trono da Europa e de duas outras partes de nosso hemisfério, não pensou diversamente de Epicteto; jamais se humilhou este da sua baixeza, jamais se deslumbrou da sua grandeza; e, quando escreveram seus pensamentos, fizeram-no para si mesmos e para seus discípulos, e não para serem louvados nos jornais. E, na vossa opinião, Locke, Newton, Tillotson, Penn, Clarke, aquele a que chamam *the man of Ross*, e tantos outros da nossa ilha e fora da nossa ilha, que eu vos poderia citar, não foram modelos de virtude? Falastes das guerras tão cruéis quão injustas de que tantas nações se tornaram culpadas, descrevestes as abominações dos cristãos no México e no Peru, podeis acrescentar a isso a noite de S. Bartolomeu na França e os morticínios da Irlanda; mas não há povos inteiros que sempre tiveram horror ao derramamento de sangue? Os brâmanes não deram sempre tal exemplo ao mundo? E, sem sair do país onde nos achamos, não temos aqui perto a Pensilvânia, onde os nossos primitivos, que desfiguram em vão com o nome de *quakers*, sempre detestaram a guerra? Não temos a Carolina, onde o grande Locke ditou as suas leis? Nessas duas pátrias da virtude, todos os cidadãos são iguais, todas as consciências são livres, todas as religiões são boas, desde que se adore a um Deus; todos os homens são ali irmãos. Vistes como, à simples menção de um descendente de Penn, os habitantes das montanhas azuis, que podiam exterminar-vos, logo largaram as armas. Eles sentiram o que é a virtude, e vós vos obstinais em ignorá-lo! Se a terra tanto produz venenos como alimentos salutares, ides acaso alimentar-vos unicamente de veneno?

Birton: — Ah! senhor, para que tantos venenos? Se Deus tudo fez, os venenos são obra sua; ele é o senhor de tudo; ele faz tudo; ele dirige a mão de Cromwell que assina a morte de Carlos I; ele conduz o braço do carrasco que lhe corta a cabeça; não, não posso admitir um Deus homicida.

Freind: — Nem eu tampouco. Escutai, peço-vos; haveis de convir comigo em que Deus governa o mundo por meio de leis gerais. Segundo essas leis, Cromwell, monstro de fanatismo e de hipocrisia, decidiu a morte de Carlos I, por seu interesse, que todos os homens necessariamente amam e que nem todos interpretam do mesmo modo. Segundo as leis do movimento estabelecidas pelo próprio Deus, o carrasco cortou a cabeça desse rei. Mas sem dúvida Deus não assassinou Carlos I por um ato particular da sua vontade. Deus não foi nem Cromwell, nem Jeffrys, nem Ravaillac, nem Balthazar Gérard, nem o irmão pregador Jacques Clément. Deus não comete, nem ordena, nem permite o crime; mas fez o homem, e fez as leis do movimento; essas leis eternas do movimento são igualmente executadas pela mão do homem caridoso que socorre o pobre e pela mão do celerado que degola seu irmão. Da mesma forma que Deus não extingue o sol e não afunda a Espanha no mar, para punir Cortez, Almagro e Pizarro, que inundaram de sangue humano a metade de um hemisfério, assim também não envia um bando de anjos a Londres, nem faz baixarem do céu cem mil tonéis de vinho de Borgonha, para causar prazer a seus queridos ingleses quando estes praticam uma boa ação. Sua providência geral seria ridícula se baixasse em cada momento a cada indivíduo; e tão palpável é essa verdade que Deus puniu imediatamente a um criminoso, com um golpe teatral da sua onipotência: deixa brilhar o seu sol sobre os bons e sobre os maus. Se alguns celerados morrem imediatamente após seus crimes, aconteceu-lhes isso por obra das leis gerais que presidem o mundo. Li no grande livro de um frenchman chamado Méseray que Deus fizera morrer o nosso grande Henrique V de uma fístula no ânus porque ele ousara sentar-se no trono do rei cristianíssimo; não, ele morreu por que as leis gerais emanadas da onipotência tinham de tal modo arranjado a matéria que a fístula no ânus acabaria com a vida daquele herói. Todo o mal físico de uma ação má é efeito das leis gerais impostas pela mão de Deus à matéria; todo o mal moral da ação criminosa é efeito da liberdade de que o homem abusa.

Enfim, sem nos perdermos no nevoeiro da metafísica, lembremo-nos que está demonstrada a existência de Deus; não há que discutir quanto à sua existência. Tirai Deus ao mundo, e acaso se tornará mais legítimo o assassínio de Carlos I? Mais caro vos será o seu carrasco? Deus existe, é justo. Sede pois justos.

Birton: — E vós, sr. Freind, que falais tão bem, não lestes o livro intitulado O Bom-Senso?

Freind: — Sim, eu o li, e não sou daqueles que condenam tudo em seus adversários. Há nesse livro verdades bem expostas, mas prejudicadas por um grande defeito. O autor quer continuamente destruir o Deus de Scot, de Albert, de Boaventura, o Deus dos ridículos escolásticos e dos monges. Notai que não ousa dizer uma palavra contra o Deus de Sócrates, de Platão, de Epicteto, de Marco Aurélio, contra o Deus de Newton e de Locke, contra o meu Deus, ouso dizê-lo. Perde o tempo a deblaterar contra superstições absurdas e abomináveis cujo ridículo e horror todas as pessoas sensatas hoje reconhecem. É como se se escrevesse contra a natureza porque os turbilhões de Descartes a desfiguraram; é como se se dissesse que o bom gosto não existe porque a maioria dos autores não tem gosto nenhum. Aquele que escreveu o livro do Bom-Senso julga haver atacado a Deus, e com isso demonstra absoluta falta de bom-senso: só escreveu contra certos padres antigos e modernos. Julga haver aniquilado o senhor por ter repetido que ele foi muitas vezes servido por velhacos.

Birton: — Escutai, nós poderíamos aproximar-nos. Eu poderia respeitar o senhor se me entregásseis os servos. Amo a verdade; mostrai-ma, e eu a seguirei.

## X

*Sobre o ateísmo*

*D*escera a noite. Era bela, a atmosfera era uma abóbada de transparente azul, semeada de estrelas de ouro; esse espetáculo sempre toca os homens e lhes inspira doces meditações: o bom Paruba admirava o céu, como um alemão admira a basílica de S. Pedro, ou a Ópera de Nápoles, ao vê-la pela primeira vez.

— Essa abóbada é bastante ousada – dizia Paruba a Freind, e Freind lhe retrucava:

— Não há nenhuma abóbada, meu caro Paruba; essa cúpula azul não é mais que um estendal de nuvens ligeiras, que Deus de tal modo dispôs e combinou de tal modo com a mecânica de vossos olhos, que, em qualquer ponto em que vos acheis, estais sempre no centro do vosso passeio, e avistais isso a que chamam céu, e que não é o céu, arqueado sobre a vossa cabeça.

— E essas estrelas, sr. Freind?

— São, como já o disse, outros tantos sóis em torno dos quais giram outros mundos; longe de estarem ligados a essa abóbada azul, lembrai-vos que estão a distâncias diferentes e prodigiosas: aquela que estais vendo acha-se a mil e duzentos milhões de mil passos do nosso sol.

Mostrou-lhe então o telescópio que trouxera: fez-lhe ver nossos planetas, Júpiter com as suas quatro luas, Saturno com as suas cinco luas e o seu inconcebível anel luminoso; é a mesma luz, dizia-lhe ele, que parte de todos esses globos, e que chega a nossos olhos, daquele planeta em um quarto de hora, daquela estrela em seis meses. Paruba pôs-se de joelhos e disse: "Os céus anunciam Deus." Toda a equipagem cercava o venerável Freind, olhava, e admirava. O coriáceo Birton avançou sem nada olhar, e falou assim:

Birton: — Pois bem, seja! há um Deus, concedo-vos; mas que importa a vós e a mim? Que há entre o Ser infinito e nós, vermes da terra? Que relação pode existir entre a sua essência e a nossa? Epicuro, admitindo deuses nos planetas, tinha razão em ensinar que eles não se misturavam absolutamente às nossas tolices e aos nossos horrores; que não podíamos nem ofendê-los nem lhes agradar; que não tinham nenhuma necessidade de nós, nem nós deles: admitis um Deus mais digno do espírito humano que os deuses de Epicuro e que todos os deuses dos orientais e ocidentais. Mas se dizeis, como tantos outros, que esse Deus formou ao mundo e a nós para sua glória; que exigiu outrora sacrifícios de bois, para sua glória; que apareceu, para glória sua, sob a nossa forma de bípedes, etc., estareis dizendo, parece-me, uma coisa absurda, que faria rir a todas as pessoas que pensam. O amor da glória não é outra coisa que orgulho, e o orgulho não passa de vaidade; um orgulhoso é um tolo personagem que Shakespeare representava no seu teatro: esse epíteto não pode convir mais a Deus que o de injusto, de cruel, de inconstante. Se Deus se dignou fazer, ou antes, arranjar o universo, só deve ter sido em vista de fazer felizes as criaturas. Deixo a vosso entendimento o afirmar se ele atingiu tal desígnio, o único, no entanto, que poderia convir à natureza divina.

Freind: — Sim, sem dúvida, ele o conseguiu com todas as almas justas: elas serão felizes um dia, se já não o são hoje.

Birton: — Felizes! Que sonho! Que história da Carochinha! Onde? Como? Quando? Quem vos disse tal?

Freind: — A sua justiça.

Birton: — Não me digais, depois de tantos declamadores, que nós viveremos eternamente quando não mais existirmos; que possuímos uma alma imortal, ou antes, que ela nos possui, após nos haverdes confessado que os próprios judeus, os judeus a quem vos gabais de haver substituído, jamais suspeitaram ao menos essa imortalidade da alma, até o tempo de Herodes? Essa ideia de uma alma imortal fora inventada pelos brâmanes, adotada pelos persas, os caldeus, os gregos, ignorada muito tempo pela infeliz horda judaica, mãe das mais infames superstições. Ah, senhor, sabemos ao menos se possuímos uma alma? Sabemos se os animais cujo sangue lhes constitui a vida, como constitui a nossa, que têm, como nós, vontades, apetites, paixões, ideias, memória, indústria, sabeis se essas criaturas, tão incompreensíveis quanto nós, possuem uma alma, como pretendem que nós possuímos?

Julgara até agora que existia na natureza uma força ativa de que recebemos o dom de viver em todo o nosso corpo, de marchar com os pés, de aprender com as mãos, de ver com os olhos, de ouvir com os ouvidos, de sentir com os nervos, de pensar com a cabeça, e que tudo isso era o que chamamos alma, palavra vaga que não significa, no fundo, mais que o princípio desconhecido de nossas faculdades. Chamarei Deus, convosco, a esse princípio inteligente e poderoso que anima a natureza inteira; mas acaso se dignou ele em dar-se a conhecer a nós?

Freind: — Sim, pelas suas obras.

Birton: — Ditou-nos as suas leis? Falou-nos?

Freind: — Sim, pela voz da vossa consciência. Não é verdade que, se houvésseis matado vosso pai e vossa mãe, essa consciência vos despedaçaria com remorsos tão horrendos quão involuntários? Essa verdade não é sentida e confessada pelo universo inteiro? Baixemos agora a menores crimes. Haverá um único que não vos assuste à primeira vista, que não vos faça empalidecer na primeira vez em que o cometeis, e que não vos deixe no coração o aguilhão do arrependimento?

Birton: — Tenho de o confessar.

Freind: — Deus portanto expressamente ordenou, falando a vosso coração, que nunca vos manchásseis com um crime evidente. E quanto a todas essas ações equívocas, que uns condenam e outros justificam, que de melhor temos a fazer senão seguir esta grande lei do primeiro dos Zoroastros, tão celebrada em nossos dias por um autor francês: "Quando não sabes se a ação que meditas é boa ou má, abstém-te"?

Birton: — Essa máxima é admirável; é sem dúvida o que jamais se disse de mais belo, isto é, de mais útil em moral; e isso quase me faria pensar que Deus suscitou de tempos em tempos alguns sábios que ensinaram a virtude aos homens transviados. Peço-vos perdão de haver escarnecido da virtude.

Freind: — Pedi perdão ao Ser eterno, que pode recompensá-lo eternamente, e punir os transgressores.

Birton: — Como! Deus me puniria eternamente por me haver entregue a paixões que ele me deu?

Freind: — Ele vos deu paixões com as quais se pode fazer o bem e o mal Eu não disse que ele vos punirá para sempre, nem como vos punirá, pois ninguém pode saber nada a respeito; digo-vos que ele o pode. Foram os brâmanes os primeiros que imaginaram uma prisão eterna para as substâncias celestes que se haviam revoltado contra Deus no seu próprio palácio; encerrou-os numa espécie de inferno a que chamavam ondera; mas, ao cabo de alguns milhares de séculos, suavizou-lhes as penas, colocou-os na terra, fê-los homens: é daí que vem a nossa mescla de vícios e de virtudes, de prazeres e decalamidades. É engenhosa essa imaginação; e ainda mais o é a fábula de Pandora e de Prometeu. Nações grosseiras imitaram grosseiramente a bela fábula de Pandora; essas invenções são sonhos da filosofia oriental; tudo o que vos posso dizer é que, se cometestes crimes abusando da vossa liberdade, ser-vos-á impossível provar que Deus seja incapaz de vos punir; desafio-vos a isso.

Birton: — Esperai; dizeis que não vos posso demonstrar que ao grande Ser é impossível punir-me: palavra, tendes razão; fiz o que pude para provar-me que isso era impossível, e jamais o consegui. Confesso que abusei da minha liberdade, e que Deus me pode castigar; mas, por Deus! não serei punido quando não mais existir.

Freind: — O melhor partido é serdes honesto enquanto existis.

Birton: — Ser honesto enquanto existo?... Sim, confesso-o, tendes razão, é o partido que se deve tomar.

Desejaria, caro amigo, que houvésseis testemunhado o efeito que as palavras de Freind produziram em todos os ingleses e americanos. Birton, tão leviano e audacioso, tomou de súbito um ar recolhido e modesto; Jenni, com os olhos úmidos de pranto, lançou-se aos joelhos de seu pai, e o pai o abraçou. Eis enfim a última cena dessa disputa tão espinhosa e tão interessante.

# XI

*Do ateísmo*

*B*irton: — Concebo perfeitamente que o grande Ser, o senhor da natureza, seja eterno; mas nós, que não existíamos ontem, poderemos ter a louca ousadia de aspirar a uma eternidade futura? Tudo parece sem remissão em torno de nós, desde o inseto devorado pela andorinha até o elefante devorado pelos vermes.

Freind: — Não, nada perece: tudo se transforma: os germes impalpáveis dos animais e dos vegetais subsistem, desenvolvem-se, e perpetuam as espécies. Por que não havíeis de querer que Deus conservasse o princípio que vos faz agir e pensar, de qualquer natureza que ele possa ser? Deus me livre de construir um sistema; mas certamente há em nós qualquer coisa que pensa e que quer: essa qualquer coisa, a que chamavam outrora uma mônada, essa qualquer coisa, é imperceptível. Deus no-la deu, ou talvez, para falar mais justo, Deus nos deu a ela. Estais bem certo de que ele não a pode conservar? Pensai, examinai, podeis fornecer-me alguma demonstração disso?

Birton: — Não; procurei-a em meu entendimento, em todos os livros dos ateus, e sobretudo no terceiro canto de Lucrécio; confesso que nunca encontrei senão verossimilhanças.

Freind: — E, louvados nessas simples verossimilhanças, nos entregaríamos a todas as nossas funestas paixões? Viveríamos como brutos, não tendo como regra senão os nossos apetites e como freio o temor dos outros homens, eternamente inimigos uns dos outros devido a esse mútuo temor! pois a gente sempre quer destruir aquilo a que teme. Pensai bem nisso, Sr. Birton, reflete profundamente sobre isso, meu filho Jenni; não esperar de Deus nem castigo nem recompensa, é ser verdadeiramente ateu. De que serviria a ideia de um Deus que não tivesse nenhum poder sobre nós? É como se dissessem: há um rei da China que é muito poderoso. Que lhe faça bom proveito, – responderia eu; – que fique na sua terra e eu na minha não me preocupo mais com ele do que ele comigo; ele não tem mais jurisdição sobre a minha pessoa do que um cônego de Windsor sobre um membro do nosso Parlamento; então sou eu o meu próprio Deus: sacrifico o mundo inteiro as minhas fantasias, se se apresentar uma ocasião; sou sem lei, e só importo a mim mesmo. Se os outros seres são carneiros, faço-me lobo; se são galinhas, faço-me raposa.

Suponhamos (queira Deus o contrário) que toda a nossa Inglaterra seja ateia por princípios. Convenho em que poderá haver vários cidadãos que, nascidos com um gênio tranquilo e brando, bastante ricos para não terem necessidade de ser injustos, governados pela honra e por isso atentos a seu procedimento, conseguirão viver em sociedade: cultivarão as belas artes, que suavizam os costumes: poderão viver na paz, na inocente alegria da gente honrada. Mas o ateu pobre e violento, seguro da sua impunidade, será um tolo se não vos assassinar para roubar vosso dinheiro. De então, todos os elos da sociedade são rompidos, todos os crimes secretos inundam a terra, como os gafanhotos, no princípio mal percebidos, vêm assolar nossos campos; o baixo povo não passará de uma horda de salteadores, como os nossos ladrões de que não se enforca a décima parte: passam a sua miserável vida em tavernas, com prostitutas, batem-lhes, batem-se entre si; tombam bêbedos no meio de seus canecões com os quais quebram a cabeça uns aos outros; despertam para roubar e para assassinar; recomeçam cada dia esse círculo abominável de brutalidades!

Quem conterá os grandes e os reis nas suas vinganças, na sua ambição, à qual tudo querem imolar? Um rei ateu é mais perigoso que um Ravaillac fanático.

Os ateus formigavam na Itália, no século XV; que resultou daí? Tornou-se tão comum envenenar como oferecer uma ceia, e mergulhar um punhal no coração de um amigo como abraçá-lo; houve professores de crime, como há hoje mestres de música e de matemática. Escolhiam expressamente os templos para aí assassinar os príncipes ao pé dos altares. O papa Sixto IV e um arcebispo de Florença mandaram assassinar assim os dois príncipes mais distintos da Europa. (Dizei, meu caro Sherloc, a Paruba e a seus filhos, o que é um papa e um arcebispo, e dizei-lhes sobretudo que já não existem semelhantes monstros.) Mas continuemos. Um duque de Milão foi assassinado da mesma forma no interior de uma igreja. São por demais conhecidos os espantosos horrores de Alexandre VI. Se houvessem subsistido tais costumes, a Itália teria ficado mais deserta do que o Peru após a invasão.

A crença num Deus remunerador, das boas ações, punidor das más, perdoador das faltas leves, é pois a crença mais útil ao gênero humano; é o único freio dos poderosos, que cometem insolentemente os crimes públicos; é o único freio dos homens que cometem disfarçadamente os crimes secretos. Não vos digo, meus amigos, que junteis, a essa crença necessária, superstições que a desonrariam e que até poderiam torná-la funesta: o ateu é um monstro que só devorará para apaziguar a fome; o supersticioso é outro monstro que estraçalhará os homens por dever. Sempre notei que se pode curar um ateu, mas jamais se cura radicalmente a um supersticioso; o ateu é um homem de talento que se engana, mas que pensa por si mesmo; o supersticioso é um tolo brutal que jamais teve senão as ideias dos outros. O ateu violará Ifigênia, prestes a desposar Aquiles, mas o fanático a degolará piedosamente sobre o altar, e julgará que Júpiter lhe ficará devendo obrigações; o ateu roubará um vaso de ouro a uma igreja, para cear com mulheres alegres, mas um fanático celebrará um auto de fé nessa igreja e entoará um cântico judeu, a plenos pulmões, enquanto faz queimar judeus, sim, meus amigos, o ateísmo e o fanatismo são os dois polos de um universo de confusão e de horror. A pequena zona da virtude está entre esses dois pólos; marchai a passo firme por esse caminho; acreditai num Deus bom, e sede bons. É tudo quanto os grandes legisladores Locke e Penn pedem a seus povos.

Respondei-me, senhor Birton, vós e vossos amigos: que mal vos pode fazer a adoração de um Deus, junta à ventura de ser um homem honrado? Neste momento em que vos falo, podemos todos ser atacados de uma doença mortal: qual de nós não desejaria então ter vivido na inocência? Vede como o nosso mau Ricardo III morre em Shakespeare; como os espectros de todos aqueles que ele matou vêm aterrorizar sua imaginação. Vede como expira Carlos IX de França após S. Bartolomeu. Por mais que lhe diga o capelão que ele fez bem, seu crime o dilacera, seu sangue jorra-lhe pelos poros, e todo o sangue que fez correr brada contra ele. Acreditai-me: de todos esses monstros, não há nenhum que não tenha vivido nos tormentos do remorso e que não tenha acabado no desespero.

## XII

*Regresso à Inglaterra. Casamento de Jenni*

*B*irton e seus amigos não mais puderam conter-se; lançaram-se aos joelhos de Freind.

— Sim – disse Birton, – eu creio em Deus e em vós.

Já estavam perto da casa de Paruba. Ali cearam; mas Jenni não pode comer: mantinha-se afastado, derramava lágrimas; o pai foi procurá-lo para o consolar.

— Ah! – disse-lhe Jenni, – eu não merecia ter um pai como vós; morrerei de dor de me haver deixado seduzir por essa abominável Clive--Hart: sou a causa, embora inocente, da morte de Primerose; e, ainda há pouco, quando nos falastes de envenenamento, senti um calafrio; pareceu-me ver Clive-Hart apresentando a Primerose a horrível beberagem. Meu Deus! Como pude ter o espírito bastante alienado para seguir uma criatura tão criminosa? Ela enganou-me; eu estava cego. Só me desenganei um pouco antes de os selvagens a terem apanhado: num assomo de cólera, ela quase me fez a confissão de seu crime. Desde esse momento, tive-lhe horror. E, para meu suplício, a imagem de Primerose está incessantemente diante de meus olhos; eu a vejo, eu a ouço; ela me diz: "Eu estou morta porque te amava."

O senhor Freind esboçou um sorriso de bondade, cujo motivo Jenni não compreendeu; disse-lhe o pai que só uma vida impecável poderia reparar as faltas passadas; levou-o para a mesa como um homem a quem acabam de retirar das vagas onde se afogava; eu próprio o abracei, agradei-lhe, animei-o; estávamos todos comovidos.

Aparelhamo-nos no dia seguinte para voltar à Inglaterra, depois de ter dado presentes a toda a família de Paruba: nossos adeuses foram mesclados de lágrimas sinceras; Birton e seus camaradas, que nunca tinham sido senão levianos, pareciam agora completamente sensatos. Estávamos em alto mar, quando Freind disse a Jenni em minha presença:

— E então, meu filho, a lembrança da linda, da virtuosa e terna Primerose ainda te é muito cara?

Jenni desesperou-se a essas palavras; as flechas de um eterno e inútil arrependimento lhe varavam o coração, e eu temi que ele se precipitasse no mar.

— Pois bem – disse-lhe Freind, – consola-te; Primerose está viva, e ama-te.

Freind, com efeito, recebia notícias seguras, graças àquele fiel empregado que lhe escrevia por todos os navios que partiam para Maryland. O senhor Mead, que depois adquiriu tamanha reputação no conhecimento de todos os venenos, tivera a felicidade de arrancar Primerose aos braços da morte. O sr. Freind mostrou ao filho aquela carta que ele relera tantas vezes e com tanta emoção.

Jenni passou, em um ápice, do auge do desespero ao da felicidade. Não vos descreverei o efeito dessa tão repentina mudança; quanto mais me impressionou, menos posso exprimi-lo; foi o mais belo momento da vida de Jenni. Birton e seus camaradas compartilharam tão pura alegria.

Que mais vos direi? O excelente Freind lhes serviu de pai a todos. O casamento do belo Jenni e da bela Primerose efetuou-se em casa do doutor Mead. Também casamos Birton, que estava completamente mudado. Jenni e ele são hoje as pessoas mais honradas da Inglaterra. Haveis de convir em que um sábio pode curar loucos.